Deviens le héros

Le maître des Licornes

24-32, rue des Amandiers, 75020 Paris – France

Mise en pages : Marie Drion
Correction : Claire Gaillard, Maxime Gillio

Loi n° 49-956 du 16 juillet 1949 sur les publications destinées à la jeunesse,
modifiée par la loi n° 2011-525 du 17 mai 2011.
Dépôt légal : juin 2023. Imprimé en Serbie.
Printed in Serbia.

MIXTE
Papier issu de
sources responsables
FSC® C117682

DEVIENS LE HÉROS

Le maître des Licornes

Écrit par Éric Sanvoisin
Illustré par Federica Frenna

AUZOU
romans

BIENVENUE !

Tu t'apprêtes à entrer dans une histoire pas comme les autres... Dans ce livre, tu as le choix : c'est toi qui décides de la suite de l'aventure. Pour cela, rien de plus simple !
Commence par le chapitre 1, puis, à la fin de chaque chapitre, choisis le chemin qui te plaît.
Ici, deux voies s'offrent à toi : la **VOIE A** (pages jaunes du livre) et la **VOIE B** (pages rouges).
Si tu as perdu, tu peux toujours revenir en arrière et explorer d'autres histoires !

À TOI DE JOUER !

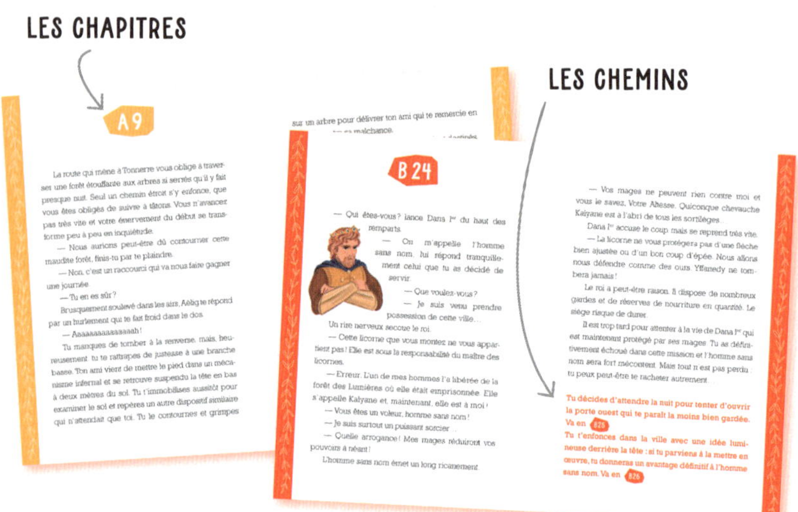

Dans le royaume d'Yf, où tu as vu le jour, vivent des hommes et des licornes. Leur cohabitation n'a pas toujours été simple.

Pendant des siècles, des chasseurs ont traqué les licornes pour leur corne qui protège des poisons et de la sorcellerie. Selon une croyance populaire, une pierre blanche, enfouie au plus profond de leur crâne, préserverait des fièvres et des maladies. Mais rien n'a jamais été prouvé à ce propos…

Pour sauver les derniers spécimens, le roi Isengard III a un jour interdit qu'on les chasse et créé le rôle de maître des licornes. Ce dernier les a rassemblées dans la forêt des Lumières pour mieux les protéger. Depuis ce jour, elles vivent en paix. Le maître des licornes est le garant de leur tranquillité, il veille sur elles jour et nuit. C'est un personnage important et estimé, presque aussi populaire que le roi.

Le royaume d'Yf se compose de deux continents extrêmement différents, séparés par la mer Multicolore.

Le premier, Aurore, est très peuplé : la vie y est douce.

Le second, Crépuscule, est aride et désertique. On le connaît très mal, car aucun explorateur n'en est jamais revenu. Est-il peuplé ? Si oui, par qui ? C'est un mystère qui chatouille l'imagination…

De nombreuses légendes circulent à son sujet, toutes plus farfelues les unes que les autres. Depuis quelque temps, l'une d'elles semble prendre de l'ampleur : le continent Crépuscule serait dirigé par un redoutable sorcier appelé l'homme sans nom. Il aurait fondé Nuit-Noire, une ville souterraine lugubre habitée par des mercenaires et défendue par les seigneurs de pierre. Ceux-ci, sculptés dans la roche et animés par la magie, ne connaîtraient pas la peur et seraient quasiment invincibles.

Selon la rumeur, l'homme sans nom préparerait l'invasion du continent Aurore et le contrôle et l'élimination des licornes !

Tu es fasciné par cette légende, à laquelle tu crois dur comme fer ! Te voilà donc partagé entre ton intérêt pour les licornes et ton admiration naissante pour le mystérieux homme sans nom.

Tu es le fils d'un garde royal qui s'est longtemps battu pour l'ancien roi d'Yf, Isengard III, et tu étais encore petit quand il est mort au combat. Tu as vécu seul avec ta mère à Yffanedy, la capitale, jusqu'à ce qu'une maladie l'emporte. Tu as ensuite été recueilli par ton oncle et ta tante qui habitent près de la forêt des Lumières, dans un village où il ne se passe jamais rien. Tu aimerais vivre une grande aventure, mais, pour ça, tu dois prendre une décision…

Quelque chose t'attire chez les licornes. La possibilité de les voir de près et même les toucher te fait rêver. Tu veux devenir l'ami d'Aëlig, le fils de Solvélig, le très respecté maître des licornes. Lui seul peut t'aider à les approcher… Prends la VOIE A

Tu as l'âme d'un chasseur, tu regrettes le temps où l'on pouvait traquer les licornes librement et tu aimerais te faire un nom par toi-même, sans l'aide d'Aëlig. Rends-toi sur Crépuscule afin de proposer tes services à l'homme sans nom… Prends la VOIE B

Le royaume d'Yf
Yffanedy
Continent d'Aurore
Le manoir des Lueurs
La forêt de Lumières
Le port de Tonnerre
Continent Crépuscule
N
W
E
S

A1

La chance est de ton côté : Aëlig étudie à l'école du village et vous êtes dans la même classe ! Tout comme toi, il se retrouve souvent à l'écart pendant la récréation. Les autres élèves ne jouent jamais avec vous. Ils jalousent Aëlig à cause de la célébrité de son père. Quant à toi, ils t'ignorent parce que tu viens d'ailleurs…

Un jour, tu prends ton courage à deux mains et tu lui demandes :

— Tu es seul ?

— Oui.

— Tu aimes être seul ?

— Non.

— Alors, devenons amis…

Son sourire radieux scelle votre amitié. Vous voilà rapidement inséparables ! Vous passez tout votre temps libre ensemble et vous rêvez de partir pour un grand voyage qui vous emmènerait jusqu'aux limites du continent Aurore. Enfin, quand vous serez plus grands…

Malheureusement, bientôt, son père le retire de l'école pour confier son éducation à un précepteur.

Ton ami ne quitte plus le manoir des Lueurs, une habitation magnifique située dans la forêt des Lumières. Le maître des licornes aimerait que son fils lui succède un jour, alors il a décidé de le couper des influences extérieures. Il a interdit à Aëlig de te revoir et ordonné à ton oncle de te surveiller. Tu trouves cette situation parfaitement injuste !

Vous continuez néanmoins à vous voir en cachette de Solvélig et, ce soir, quand tout le monde sera couché, tu iras retrouver Aëlig dans la forêt des Lumières. Les mots qu'il a murmurés à ton oreille lors de votre dernière rencontre sont gravés dans ta mémoire :

— Je te présenterai Kalyane. Tu verras, c'est la plus merveilleuse des licornes !

Tu as hâte que la nuit tombe…

En attendant, va en A2

A2

La journée te paraît longue. Les aiguilles de l'horloge de l'école n'avancent pas, et ton enseignante est encore plus ennuyeuse que d'habitude. Tes soupirs finissent par l'agacer et tu échappes de justesse à une punition.

Enfin, la cloche sonne ! Tu te précipites dehors.

Une fois chez toi, tu aides ton oncle à déterrer les pommes de terre jusqu'au soir, ce qui le surprend beaucoup. En général, tu es plutôt du genre fainéant ! Tu ne t'es jamais intéressé à son travail de maraîcher. Contrairement à ton habitude, tu ne fais pas le difficile à table et complimentes ta tante qui rosit de plaisir : tu veux les amadouer pour pouvoir sortir tranquille. Tu manges vite et te mets au lit tôt.

Ensuite, tu attends qu'ils se couchent. Ils traînent un moment dans la pièce commune, ta tante remplissant le cahier de comptes journalier et ton oncle sculptant un morceau de bois pour réaliser une tête de loup. Enfin, tu entends leur lit grincer…

Tu patientes encore jusqu'à ce qu'ils s'endorment. Ta tante trouve toujours le sommeil la première.

Aussi, quand ton oncle se met à ronfler, tu sens ton cœur s'emballer !

Aux aguets, tu restes couché quelques minutes supplémentaires, puis tu te lèves. C'est sûr, maintenant, ils dorment pour de bon !

Sans perdre de temps, puisque tu t'es mis au lit tout habillé, tu saisis les provisions que tu as rassemblées et tu ouvres ta fenêtre. Ta chambre étant située au premier étage, tu te laisses glisser jusqu'en bas en t'accrochant à la glycine qui couvre le mur. Puis tu cours en direction de la forêt des Lumières.

Soudain, sur le chemin, tu aperçois quelque chose d'énorme entre les arbres. Effrayé, tu te jettes dans les fourrés. Une vive brûlure meurtrit ton poignet au contact d'un tapis d'orties. Tu serres les dents pour ne pas crier.

À côté de toi passent deux étranges silhouettes. La première, une vraie force de la nature, marche d'un pas lourd et tire la seconde qui semble lui résister. Cette dernière ressemble à un cheval et a la tête couverte d'une cagoule. Ce détail t'intrigue. Jamais tu n'as vu un équipage pareil…

Ce spectacle te paraît si louche que tu décides de suivre les deux silhouettes. C'est sans doute dangereux, mais tu sens que la seconde créature a besoin d'aide. Va en A3

Tu hésites un moment avant de te relever et de poursuivre ta route. Aëlig t'attend et tu meurs d'envie de lui raconter ton étrange rencontre ! Va en A4

A 3

Tu n'as aucun mal à rattraper l'étrange duo, car il s'est arrêté au milieu du chemin. Tu devines la silhouette de l'animal, qui porte toujours sa cagoule sur la tête. Il est attaché à un arbre et tire sur la corde sans parvenir à se libérer.

Par contre, son propriétaire a disparu. Tu trouves ça bizarre… Pourquoi serait-il parti en laissant son cheval derrière lui ? Ça n'a aucun sens !

Le cheval ne se résigne pas, il secoue la tête. Sa cagoule glisse sur le côté et finit par tomber, te dévoilant un détail inattendu : une corne est visible entre ses oreilles. C'est une licorne ! Pourtant, elle ne devrait pas être là, mais à l'abri dans la forêt des Lumières !

Tu te retournes pour partir en courant prévenir Aëlig, mais tu te heurtes à quelque chose de solide. Le ravisseur te barre le passage. Il est beaucoup plus grand et large que tu l'imaginais. Tu lui donnes un coup de poing pour essayer de te dégager. Une douleur fulgurante traverse ta main. Ce n'est pas un individu ordinaire : il est en pierre !

Tu paniques. La douleur est intense. Vite, il faut t'enfuir !

Tu t'apprêtes à le contourner quand le poing du seigneur de pierre s'écrase sur ton crâne…

PERDU

Pour recommencer l'aventure, retourne en A1

A4

Tu arrives tout essoufflé en vue de la forêt des Lumières, où brillent mille petites lucioles. C'est une vision magnifique, digne du plus beau des rêves. Tu pourrais l'admirer pendant des heures si tu en avais le temps…

Revenant à la réalité, tu cours un dernier sprint. Pourvu qu'Aëlig t'ait attendu ! S'il n'est pas là pour lever le sortilège qui protège la forêt des Lumières, tu ne pourras pas y pénétrer…

Avec soulagement, tu aperçois au loin la silhouette de ton ami. Tu t'empresses de le rejoindre. Il t'accueille avec une mine contrariée.

— Tu es en retard ! te reproche-t-il à voix basse.

— Pardon. J'ai fait aussi vite que j'ai pu…

Renonçant pour l'instant à lui révéler ce que tu as aperçu en chemin, tu expliques que ton oncle et ta tante ont veillé plus tard que d'habitude. Puis tu te figes, hypnotisé par ce que tu aperçois derrière lui. C'est une licorne ! La première que tu vois ailleurs que dans un livre d'images !

Aëlig s'amuse de ton mutisme soudain et désigne la créature divine qui se profile derrière lui.

— Je te présente Buronzan. C'est la licorne la plus proche de mon père.

Celle-ci se tient immobile sur ses interminables pattes et jette des regards fuyants dans ta direction. Des reflets bleutés strient son pelage crème. Sa corne, courte et fine, semble avoir été taillée dans un bloc de cristal d'une rare pureté.

— Elle est... superbe ! Je peux m'approcher ?

— Oui, mais doucement. Les licornes sont des êtres sensibles et timides. Il ne faut pas les effaroucher.

Tu fais quelques pas sur la pointe des pieds. Ton cœur n'a jamais battu aussi fort. La créature ne semble pas s'intéresser à toi, mais ses oreilles sont braquées dans ta direction.

— Je peux la toucher ?

— Non. Pas encore. Il est trop tôt. Ce sera peut-être possible quand tu la connaîtras mieux.

Cachant ta déception, tu avances encore un peu pour l'admirer de plus près. Là, tu t'arrêtes net en découvrant, derrière le corps massif de Buronzan, une deuxième licorne, plus petite et plus fine.

Avec son pelage blanc d'un côté, noir de l'autre, et ses flancs sveltes, elle te paraît fragile. Pourtant, une grande vivacité se dégage de sa silhouette taillée pour la course.

— Comment s'appelle celle-ci ?

— Aoline. Elle était très proche de ma mère…

Sachant que cette dernière n'habite plus au manoir des Lueurs depuis longtemps, tu n'oses demander à ton ami ce qu'elle est devenue. En tout cas, tu es tombé sous le charme d'Aoline.

Quand tu essaies de t'approcher un peu plus, les licornes se mettent à piaffer et à marteler le sol de leurs délicats sabots. Tu suspends ton mouvement et, dépité, reposes le pied sur la terre humide.

— Est-ce que c'est ma faute ?

— Non. Elles sont nerveuses depuis un moment. Quelque chose les dérange. Il y a dans l'air comme une odeur de soufre.

— Un danger ?

— Je ne sais pas, je sens une absence. Je… Oh non !

Soudain, sans avertissement, Aëlig part en courant et disparaît dans le paysage lumineux.

Encore sous le charme des licornes, tu décides de rester sur place pour continuer à les admirer. Elles sont magiques ! Va en A5

Surmontant ta surprise, tu te lances à la poursuite d'Aëlig avant qu'il prenne trop d'avance sur toi. Va en A6

A5

Tu ne sais pas pourquoi Aëlig est parti en courant, mais tu le sauras dès qu'il reviendra. Sans doute dans pas très longtemps… En attendant, quelque chose de beaucoup plus important occupe toutes tes pensées.

Hypnotisé par la beauté des licornes, tu te dis que tu pourrais peut-être les toucher… en faisant très attention… en leur parlant doucement… avec le fol espoir de réussir à les charmer. Cette envie est si forte en toi que chaque parcelle de ton corps en tremble. Les licornes sont des créatures merveilleuses, si belles, si mystérieuses… Tu envies Aëlig qui peut les approcher tous les jours et qui a l'une d'entre d'elles pour meilleure amie : Kalyane.

Buronzan et Aoline n'ont pas bougé depuis le départ d'Aëlig. C'est encourageant.

— Vous êtes si belles… J'éprouve pour vous une grande admiration…

Te comprennent-elles ? Tu l'espères. Elles savent sans doute que tu n'es pas leur ennemi.

Les bras le long du corps et le sourire aux lèvres, tu fais un premier pas. Les licornes t'observent du coin de l'œil. Un deuxième. Puis un troisième. Elles sont toujours là, à moins d'un mètre de toi. En tendant le bras, tu pourrais presque les frôler. Tu touches au but !

— Que fais-tu là, petit vaurien ? Comment es-tu entré dans la forêt des Lumières ?

Solvélig ! Effarouchées par la colère du maître des licornes, les licornes disparaissent en quelques secondes, te laissant dépité.

— C'est… c'est Aëlig qui…

— Aëlig, dis-tu ? Je ne le vois pas !

— Il… il est…

— Arrête de mentir ! Et maintenant, disparais de ma vue ! J'ai interdit à mon fils de te fréquenter. Suis-je assez clair ?

Frustré, tu bats en retraite. Et dire que tu étais à deux doigts de caresser les licornes…

Tu fais semblant de partir. Une fois que Solvélig a le dos tourné, tu ignores ses ordres et te lances à la poursuite d'Aëlig. Va en A6

Tu rentres chez toi, de peur que Solvélig te punisse lourdement. Il a le pouvoir de te chasser du village : ce serait terrible pour toi de vivre loin des licornes… Va en A7

A6

Épuisé par ta course, tu débouches dans une vaste clairière, cathédrale de bois et de feuilles traversée par une pluie de lucioles. En son milieu s'élève une fontaine naturelle, fragile amas de pierres moussues d'où jaillit un bouquet de perles d'eau. Debout sur un rocher, Aëlig est silencieux, la tête baissée. Tu n'oses intervenir… Tu attends…

Comme rien ne se passe, comme rien ne bouge, il se met à hurler le nom de sa licorne préférée plusieurs fois, en tournant sur lui-même.

— Kaaa... lyaaane ! Kaaa… lyaaane !

Puis il dégringole de son perchoir et tombe à genoux au bord de la cascade. Là, le front dans le creux de son coude, Aëlig se met à pleurer. Tu t'approches pour essayer de le consoler.

— Elle n'a peut-être pas envie de se montrer ce soir…

— Non, c'est bien plus grave que ça ! Je ne sens plus sa présence dans la forêt des Lumières, comme si notre lien avait été brutalement coupé. Et puis il y a des traces de lutte ici, juste à l'endroit où nous nous retrouvons chaque soir. Je pense qu'elle a été enlevée…

Les paroles de ton ami te font froid dans le dos. Soudain, l'étrange couple que tu as vu en chemin te revient en mémoire et tu comprends que le géant n'entraînait pas derrière lui un cheval, mais bien une licorne ! Il avait recouvert sa tête d'une cagoule pour la rendre aveugle et, surtout, pour qu'on ne la reconnaisse pas !

— Nous allons retrouver Kalyane ! t'exclames-tu alors.

Tu racontes ton étrange rencontre à Aëlig qui t'écoute en essayant de garder son calme. Tes révélations confirment malheureusement ses craintes. Il réfléchit à toute vitesse avant de prendre une décision.

— Tu as raison : nous allons la retrouver ! Allons-y, chaque minute qui passe est une minute perdue !

— Tu ne préviens pas ton père ?

— Non. Si je lui parle, il ne me laissera jamais partir…

Sur tes indications, vous reprenez en courant le chemin du village. Tu expliques à ton ami que le ravisseur n'allait pas très vite en raison de la résistance de Kalyane : vous finirez bien par le rattraper.

— S'il lui fait du mal, je lui coupe les oreilles ! marmonne Aëlig.

Tu essaies de lui préciser que celui qui a enlevé la licorne est une montagne de muscles et que la libérer ne sera pas facile. Mais il est trop en colère pour t'écouter... Il accélère l'allure et tu le suis tant bien que mal, avec un point de côté.

Vous arrivez tout essoufflés au village. Il n'y a pas âme qui vive. Les rues sont noires et vides. Pas la moindre trace de la licorne et de son ravisseur.

— Nous arrivons trop tard, soupires-tu, découragé. Nous ne les retrouverons pas, maintenant...

— Qu'est-ce que tu racontes ? s'indigne Aëlig. Rien n'est perdu. La poursuite continue !

Ton ami se dirige vers la sortie du village, déterminé. La route dessine une fourche. À gauche, elle mène à Yffanedy, la capitale. À droite, vers Tonnerre, un port commercial.

— Comment savoir où ils sont allés ?

Vous hésitez un long moment avant de vous décider.

Vous choisissez la voie de gauche. Yffanedy est une ville vaste et peuplée où il est facile de passer inaperçu et de se cacher. C'est là que vit le roi Dana Ier. Si vous ne trouvez rien, il pourra peut-être vous aider… Va en A8

Vous préférez prendre à droite. Du port de Tonnerre partent les bateaux ralliant les îles éparpillées autour du continent Aurore. Peut-être le ravisseur a-t-il en tête de disparaître ainsi sans laisser de trace… Va en A9

A7

La maison est toujours plongée dans le noir quand tu arrives chez ton oncle et ta tante. Tu te glisses dans ta chambre et allumes une bougie. Tu devrais être triste, mais tu ne l'es pas. Tu flottes sur un petit nuage. Buronzan et Aoline sont toujours là, dans un coin de ta tête. Il est impossible pour toi de les oublier. L'intervention de Solvélig ne peut rien y changer : tu es en train de vivre les plus belles heures de ta vie.

Constatant que tu n'as pas sommeil, tu tournes le dos à ton lit et t'installes devant une petite table bancale qui te sert de bureau. T'armant d'une feuille blanche et de quelques crayons, tu commences à dessiner les licornes de mémoire. Tu es un fin observateur et tu n'as rien oublié de leurs caractéristiques. Elles apparaissent peu à peu sur le papier avec des détails qui les rendent presque vivantes. Tu sais que tu les reverras un jour. Il ne peut en être autrement.

Tu t'endors sur ton dessin, rassuré, heureux.

Tu ne le sais pas encore, mais, une fois adulte, tu seras nommé peintre officiel des licornes de la forêt des Lumières. Tu passeras ta vie à représenter ces créatures magnifiques et à vivre près d'elles, en ayant chaque jour la conviction que c'est le plus beau métier du monde !

FIN MOYENNE

Que dirais-tu de partir en B1 pour vivre d'autres aventures ?

A8

Tu as vécu à Yffanedy quand tu étais petit, mais tu n'as gardé aucun souvenir de la ville. Tu as hâte de la redécouvrir. Tes souvenirs d'enfance vont-ils refaire surface dans ta mémoire? C'est la question qui te vient quand la capitale du royaume apparaît enfin...

Les plaines les plus fertiles du continent Aurore entourent la cité. Blé, maïs et tournesols y poussent à perte de vue. Au loin se découpe une montagne aux parois abruptes. Les premières maisons, ainsi que le palais du roi, ont été creusées dans cette falaise calcaire avant que des habitations en briques soient construites sur les terres alentour. Yffanedy est devenue une ville belle et prospère.

Plus vous vous en approchez, plus tu la trouves magnifique. Aëlig n'est pas aussi émerveillé que toi.

D'abord parce qu'il est venu ici à de nombreuses reprises, mais surtout parce qu'il est inquiet pour sa licorne…

Le chemin que vous suivez depuis le village vous conduit au pied des remparts, à la porte de l'ouest. Tu te diriges vers les hommes d'armes qui surveillent les entrées et les sorties, avec une idée derrière la tête.

— Bonjour. Vous êtes de garde depuis ce matin ?

— Ben oui. Pourquoi ?

— Avez-vous aperçu un homme grand et costaud menant par la bride un cheval cagoulé ?

Les soldats s'étouffent de rire en se tapant mutuellement sur l'épaule.

— Nous n'avons jamais vu un cheval portant une cagoule ! Ce n'est pas le genre de chose qui s'oublie !

— Peut-être sont-ils arrivés la nuit ? insistes-tu.

— Impossible, mon garçon ! Les portes sont toujours fermées la nuit pour des raisons de sécurité. Personne ne rentre et personne ne sort, avec ou sans cagoule !

Les gardes s'esclaffent de plus belle. Aëlig te fait signe de laisser tomber.

— Venir à Yffanedy n'était peut-être pas une bonne idée, après tout, soupire-t-il, découragé.

— Mais si ! lui rétorques-tu. Ils ont dû passer par la porte de l'est, voilà tout ! Maintenant que nous sommes ici, il serait dommage de repartir bredouilles. Moi, j'ai confiance. Viens, allons voir le roi !

Ton ami te regarde longuement, indécis, avant de te taper sur l'épaule et de reprendre espoir.

Aëlig t'entraîne dans la ville qu'il connaît mieux que toi et te conduit au palais du roi. Va en A10

A 9

La route qui mène à Tonnerre vous oblige à traverser une forêt étouffante aux arbres si serrés qu'il y fait presque nuit. Seul un chemin étroit s'y enfonce, que vous êtes obligés de suivre à tâtons. Vous n'avancez pas très vite et votre énervement du début se transforme peu à peu en inquiétude.

— Nous aurions peut-être dû contourner cette maudite forêt, finis-tu par te plaindre.

— Non, c'est un raccourci qui va nous faire gagner une journée.

— Tu en es sûr ?

Brusquement soulevé dans les airs, Aëlig te répond par un hurlement qui te fait froid dans le dos.

— Aaaaaaaaaaaaaah !

Tu manques de tomber à la renverse, mais, heureusement, tu te rattrapes de justesse à une branche basse. Ton ami vient de mettre le pied dans un mécanisme infernal et se retrouve suspendu la tête en bas à deux mètres du sol. Tu t'immobilises aussitôt pour examiner le sol et repères un autre dispositif similaire qui n'attendait que toi. Tu le contournes et grimpes sur un arbre pour délivrer ton ami qui te remercie en pestant contre sa malchance.

— Je pense que ces pièges nous étaient destinés, Aëlig. Le ravisseur de Kalyane cherche sans doute à ralentir, voire à arrêter quiconque pourrait le suivre…

— Mais qui est-il ? Pourquoi a-t-il fait une chose pareille ?

— Nous le saurons quand nous l'aurons rattrapé…

Vous poursuivez votre chemin en redoublant de précautions. Bientôt des lueurs percent les branchages et vous ne tardez pas à déboucher à l'air libre. Une colline vous barre l'horizon, que vous grimpez en quelques minutes. Au sommet vous attend une vue plongeante sur le port de Tonnerre. C'est une ville modeste occupée en grande partie par les quais réservés aux bateaux.

Vous arpentez les ruelles sans apercevoir ceux que vous recherchez. Tu as l'estomac vide et les jambes lourdes. Tu aimerais t'asseoir à la terrasse d'une taverne et grignoter quelque chose.

— Aëlig, et si nous nous arrêtions pour manger et nous reposer un peu ? finis-tu par lui demander.

Ton ami accepte de faire une pause. Vous pénétrez dans une auberge afin de vous restaurer. Va en A11

Aëlig ne pense qu'à sauver Kalyane et refuse de t'écouter. Sans perdre de temps, il t'entraîne vers le port. Va en A12

A 10

Vous laissez derrière vous la porte de l'ouest et vous enfoncez dans les rues animées d'Yffanedy. De nombreuses échoppes débordent sur la chaussée pavée, provoquant des attroupements qui ralentissent la circulation des charrettes et des piétons.

Aëlig ouvre la marche et te guide dans cet univers aux mille bruits. Il se faufile avec agilité entre les badauds, t'obligeant à jouer des coudes pour ne pas le perdre de vue. Tout ici te paraît merveilleux : tu n'as pas assez de tes deux yeux pour tout voir ! Et dire que sans la mort prématurée de tes parents, tu aurais continué de vivre ici…

Soudain, les maisons semblent s'écarter pour laisser apparaître une immense esplanade à l'extrémité de laquelle se dresse le palais de Dana Ier. C'est une construction magnifique, creusée dans la paroi rocheuse et décorée de sculptures multicolores !

Sans te laisser le temps de l'admirer, Aëlig se dirige vers une porte haute et massive, surveillée par une vingtaine de gardes royaux. Il se présente à leur chef et demande à voir le roi.

— Sa Majesté ne reçoit que sur rendez-vous, lui oppose le militaire.

— C'est une situation d'extrême urgence ! s'indigne Aëlig. Une licorne a été enlevée ! Il faut la retrouver !

Le chef des gardes écarte les jambes et croise ses bras sur sa poitrine dans une attitude menaçante.

— Écrivez au roi en lui exposant le motif de votre demande et il vous accordera peut-être audience.

— Combien de temps vais-je devoir patienter ?

— Vous serez fixé d'ici une semaine.

Aëlig pâlit.

— Mais il sera trop tard ! Dans une semaine, Kalyane sera peut-être morte !

Révoltés par le refus du chef des gardes, vous décidez de forcer le passage. Va en A14

Face à l'attitude du chef des gardes, vous gardez votre calme et décidez de ne pas bouger tant que vous n'aurez pas obtenu satisfaction. Va en A15

A 11

L'enseigne métallique de l'Auberge de l'ogre vert retient votre attention : elle représente un personnage au ventre énorme en train d'introduire dans sa bouche grande ouverte un enfant. Amusés par l'image, mais aussi un peu mal à l'aise, vous décidez d'entrer dans l'établissement.

La salle est enfumée et bruyante. Vous vous installez à la seule table libre, dans un angle de la pièce, et l'aubergiste vient prendre votre commande. Tenaillé par la faim, tu lui demandes une soupe, une demi-miche de pain et un pichet d'eau. Aëlig se contente d'un morceau de fromage. Il n'est pas dans son assiette…

Mais d'un seul coup, trois brigands armés d'épées et de haches font irruption dans l'auberge, examinent les clients et se dirigent droit vers vous. Leurs regards noirs et leurs sourires cruels font naître des frissons sur votre nuque.

— Oh oh ! Je crois que nous allons avoir des ennuis, tu gémis.

— Tu as raison, ils viennent pour nous, te confirme Aëlig. Le ravisseur de Kalyane a sans doute repéré que nous étions à sa poursuite et les a payés pour nous nuire.

— Alors, sauve qui peut !

Vous jaillissez de vos chaises et sautez de table en table pour échapper à vos poursuivants, renversant tout sur votre passage. Mécontents, certains clients essaient de saisir vos chevilles pour vous faire tomber, sans y parvenir. La sortie se rapproche ! Si vous l'atteignez, vous aurez peut-être une chance de sauver votre peau…

Au moment où vous vous apprêtez à pousser la porte, celle-ci s'ouvre brutalement sur un mastodonte, qui vous attrape chacun par une oreille et vous soulève de terre. Aïe ! Ça fait mal !

Votre voyage s'arrête à l'Auberge de l'ogre vert.

PERDU

Pour recommencer l'aventure, retourne en A1

A 12

Plus vous vous approchez du port, moins vous croisez de passants. C'est vraiment bizarre. Et quand vous atteignez les quais, à votre grande surprise, il n'y a plus personne.

Autour de vous sont stockées des tonnes de marchandises, enfermées dans des caisses en bois ou bien serrées dans des filets de corde. Mais, aussi incroyable que ça puisse paraître, vous ne voyez pas un seul bateau amarré aux quais…

— Désolé. Le dernier bateau a levé l'ancre il y a une heure à peine. Vous l'avez raté de peu !

L'homme qui vient de s'adresser à vous porte une chemise à manches bouffantes et un bonnet de marin rouge et blanc. Votre dépit a l'air de beaucoup l'amuser. Aëlig a du mal à cacher sa contrariété. Tu en profites pour prendre l'initiative.

— Est-il possible de connaître son nom et sa destination ?

— Pour sûr ! Il n'y a pas de secret, ici ! Le navire s'appelle *Le Tempétueux* et il vogue vers les îles de la Nuit.

— Les îles de la Nuit ? Je n'en ai jamais entendu parler.

— Ce sont des îles sans vent où il fait si chaud que les habitants dorment le jour et vivent la nuit. Le bateau est parti leur livrer une cargaison de glace, car le climat ne leur permet pas d'en fabriquer eux-mêmes…

— Transportait-il aussi des passagers ?

L'homme fait mine de réfléchir en se grattant la tête.

— Ils étaient six. Enfin, plutôt cinq, car le sixième était un étrange cheval cagoulé. Quant à son accompagnateur, il était très nerveux. Il pressait le capitaine de partir plus vite et disait que son employeur ne tolérerait pas le moindre retard.

— A-t-il cité son nom ? lui demandes-tu.

— Non, mais j'ai compris que c'était quelqu'un d'important…

Aëlig tressaille avant de poser la seule question qui importe pour lui :

— Quand exactement part le prochain bateau ?

— Demain, à l'aube…

Vous décidez de dormir à Tonnerre et d' embarquer dès le lendemain. Mais il faut trouver une auberge... Va en A11

Aëlig refuse de s'éloigner du quai, de peur de rater le bateau. Tu te résignes à rester avec lui, en regrettant le bon lit douillet qui aurait adouci la nuit. Va en A13

A 13

Vous vous installez tant bien que mal sous un auvent qui abrite des tonneaux. L'humidité et la fraîcheur commencent à tomber en même temps qu'une brume noire. En claquant des dents, vous vous serrez l'un contre l'autre. Vous dévorez une partie des provisions que tu avais emportées en prévision de la nuit auprès des licornes. Vous riez de cette situation : malgré tout, c'est un moment presque joyeux…

L'obscurité finit par effacer la mer dont vous continuez à entendre les remous. Écrasés de fatigue, vous ne tardez pas à sombrer dans un sommeil sans rêves.

Un énorme craquement vous réveille en sursaut. En vous redressant, vous vous cognez tous les deux le crâne à la gouttière de l'auvent !

Devant vous vient d'accoster un vieux navire usé. Le bateau ne possède qu'un mât et demi, il manque la moitié du second. La coque à la peinture écaillée présente de profondes fissures grossièrement réparées.

— On dirait une épave, murmure Aëlig, épouvanté.

En haut de la passerelle tordue se tient un homme vêtu d'un uniforme orné d'une dizaine de boutons dorés. Une moustache longue et fine, dont les pointes recourbées se touchent presque, souligne son nez. Tu décides de prendre l'initiative.

— Mes salutations. Où allez-vous, capitaine ... ?

— Capitaine Barracuda, pour vous servir ! Je suis à la poursuite du *Tempétueux* qui m'a volé une cargaison de glace que je devais convoyer jusqu'aux îles de la Nuit.

Vous échangez un regard avec Aëlig. L'occasion est trop belle ! Les dieux sont avec vous !

— Quel est votre prix pour nous accepter à votre bord ?

— Oh, pas très cher ! Je manque de matelots en ce moment. Un petit coup de main ne serait pas de refus. Que diriez-vous de commencer par aider l'équipage à charger les tonneaux qui se trouvent sous l'auvent ?

Vous vous empressez d'accepter l'offre inespérée du capitaine Barracuda.

Il faut une heure à l'équipage de *L'Espérance*, dont vous faites provisoirement partie, pour embarquer les fûts de chêne. C'est un travail harassant : vous êtes fourbus !

Quand le navire prend enfin la mer, vous le sentez vibrer de partout. Le grand air vous fouette le visage et emmêle vos cheveux. Vous vivez un grand moment !

Vous vous postez à la poupe pour regarder la terre s'éloigner. C'est la première fois que vous quittez le continent Aurore. Malgré l'excitation, toi et Aëlig avez la gorge serrée.

Quelques jours plus tard, *L'Espérance* fait son entrée dans le port de Céleste, la plus grande des îles de la Nuit. Le soleil vient de se coucher. Vous apercevez l'ombre massive du *Tempétueux*, amarré au bout du quai...

— Qu'allez-vous faire, maintenant, capitaine ? demande Aëlig à Barracuda.

— Nous allons d'abord décharger notre cargaison. Ensuite, j'irai m'expliquer avec le commandant du *Tempétueux* !

Kalyane se trouve-t-elle toujours à bord du *Tempétueux* ? Aëlig pense que oui. Vous quittez discrètement *L'Espérance* pour remonter le quai en vous glissant derrière les marchandises entreposées. Va en A17

Tu es sûr que Kalyane a déjà quitté le *Tempétueux*. Vous décidez d'explorer Céleste pour mener votre enquête. Va en A20

A 14

Le chef des gardes, qu'un soldat vient d'appeler Astarod, vous observe avec un petit sourire en coin. Vous avez l'impression qu'il se moque de vous, et ça vous met en colère… Vous faites mine de vous éloigner.

— Nous devons à tout prix voir le roi maintenant, chuchote Aëlig à ton oreille. Je suis sûr qu'il nous écoutera.

— Alors, il n'y a pas trente-six solutions, lui réponds-tu avec détermination.

D'un signe de tête, tu lui montres que les gardes ne s'intéressent plus à vous. Leur chef vient de disparaître dans le palais en laissant la porte entrouverte. La voie est presque dégagée.

— À trois, on fonce. D'accord ?

Aëlig opine avec un sourire. Tu sais que tu prends la bonne décision.

— Un, deux, trois…

D'un seul coup, vous vous mettez à courir en direction de l'ouverture, qui se rapproche très vite. Un garde essaie de vous intercepter, mais vous parvenez à l'esquiver. Il ne vous reste plus que quelques mètres à parcourir, quand Astarod apparaît subitement devant vous, muni d'un gourdin !

Vous êtes pris de court et n'avez pas le temps de réagir. La massue vous cueille l'un après l'autre à pleine vitesse et vous plonge dans l'inconscience.

Votre aventure s'arrête là.

PERDU

Pour recommencer l'aventure, retourne en A1

A 15

Le chef des gardes vous observe avec un petit sourire en coin. Vous avez l'impression qu'il se moque de vous et ça vous agace.

— Nous ne bougerons pas d'ici tant que vous n'aurez pas transmis notre requête au roi ! déclare Aëlig d'une voix ferme.

Pour te montrer à la hauteur du courage de ton ami, tu ajoutes :

— Les licornes sont protégées par le roi. Il se soucie de leur sécurité et de leur bien-être. Quand il apprendra l'objet de notre demande et la façon dont vous nous avez traités, vous devrez affronter sa colère et lui rendre des comptes.

L'homme porte aussitôt la main à la poignée de son épée et s'avance lentement vers vous.

— Serais-tu en train de me menacer, sale morveux ?

Tu n'en mènes pas large, mais, si tu baisses la tête maintenant, tu passeras pour un lâche et tu le regretteras toute ta vie. Alors, malgré tes jambes qui tremblent, tu insistes :

— Prenez-le comme vous voulez. Je vous dis juste ce qui va arriver…

— Peste de toi !

Il dégaine son épée et la pointe vers toi.

— Astarod ! Qu'est-ce que tout ce bruit ?

La voix courroucée vient d'en haut. C'est le roi qui vient de parler. Posté sur une terrasse située bien au-dessus de vous, il braque sur ses hommes un regard de glace.

Aëlig saute sur l'occasion et lui explique la raison de votre présence ici.

— Une licorne en danger, dis-tu ? répond le roi. Tu as bien fait de venir me trouver. Astarod ! Conduis-les sans tarder jusqu'à moi !

À regret, le chef des gardes range son arme dans son fourreau.

— Suivez-moi, crache-t-il à votre attention.

Tu réprimes un sourire en échangeant un regard avec Aëlig.

Quelques minutes plus tard, une fois traversée la moitié du palais, le roi vous accueille dans la salle du trône. Il écoute avec attention le récit d'Aëlig et lui pose quelques questions.

— Je vois. Votre courage est admirable. Je vais donner des ordres afin d'envoyer mes meilleurs hommes au port de Tonnerre. Vous les accompagnerez. En attendant, veuillez accepter mon hospitalité.

Un valet vous conduit dans une chambre où un copieux repas vous est servi. Tu manges avec appétit tandis qu'Aëlig se contente de croquer quelques radis. Le temps passe sans que personne ne vienne vous chercher. Gagné par la nervosité, tu décides d'aller interroger des domestiques, mais la porte refuse de s'ouvrir. Vous êtes enfermés…

Aëlig a une confiance absolue en Dana Ier. Un incident a dû retarder ses préparatifs. Agacés par le temps perdu, vous discutez en essayant de trouver une explication à l'enlèvement de Kalyane. Va en A16

Quitte à perdre du temps, vous vous installez chacun confortablement dans un fauteuil en prévision d'une longue attente et ne tardez pas à vous endormir. Vous avez beaucoup de sommeil en retard ! Va en A25

Votre attente vous paraît bien trop longue. Soit le roi vous a oubliés, soit il vous a menti. Vous décidez de vous enfuir et de rallier le port de Tonnerre par vos propres moyens. Vous passez par la fenêtre et vous laissez descendre en vous aidant du lierre et des aspérités de la façade. Vous vous faufilez ensuite dans la ville jusqu'à en sortir et rejoindre la route principale. Va en A9

A 16

— Qui a bien pu enlever Kalyane ? demandes-tu à Aëlig.

Ton ami réfléchit un moment avant de te répondre.

— Les licornes ont longtemps été chassées et tuées pour leur corne. C'est Solvélig, mon père, qui a mis un terme à ces massacres avec l'aide du roi de l'époque, Isengard III. Il n'est pas impossible que ces chasseurs d'autrefois aient décidé de reprendre du service. À moins que Kalyane possède un pouvoir particulier que son ravisseur soit le seul à connaître…

— Quelle sorte de pouvoir ?

— Je n'en sais rien. Kalyane ne m'a jamais rien dit à ce sujet, mais les licornes sont des créatures très secrètes…

Les explications d'Aëlig sont interrompues par un bruit de clef dans la serrure. La porte de la chambre s'ouvre pour laisser passer deux visiteurs : le roi et

le maître des licornes. Aëlig se précipite vers son père en lui faisant le récit de vos aventures. Ce dernier l'écoute tout en te regardant avec sévérité.

— Tout doux, mon fils. Je sais, pour Kalyane. Des gardes royaux sont partis pour Tonnerre où ils ont pour mission de bloquer le port.

— Mais nous devions les accompagner ! se révolte ton ami, bouleversé.

— Calme-toi. Rien n'est encore perdu, car nous venons de recevoir une bonne nouvelle de là-bas : le ravisseur de Kalyane n'a pas eu le temps d'embarquer. Il se trouve quelque part sur Aurore, mais nous ne savons pas où. Des messagers du roi sillonnent le continent pour recueillir des informations.

— Il faut tout de suite partir à sa recherche !

— Dans quelle direction, mon fils ? Le continent est vaste. Faire n'importe quoi, n'importe comment, ne sauvera pas ta licorne. Tu m'as déjà désobéi une fois en quittant le manoir des Lueurs sans prévenir. Vous êtes jeunes et impétueux. Ne soyez pas insolents…

L'avertissement est clair. Aëlig essaie de maîtriser sa fougue. Quant à toi, tu n'ouvres pas la bouche pour ne pas te faire remarquer…

— Essayez de vous reposer un peu. Nous vous préviendrons dès qu'il y aura du nouveau…

Vous n'avez pas vraiment le choix. Vous êtes tellement fatigués que, sitôt allongés, vous vous endormez.

Hélas, une mauvaise surprise vous attend à votre réveil : un message de Solvélig.

Vous dormiez si bien que je n'ai pas eu le cœur de vous réveiller. Kalyane et son ravisseur ont été repérés près des montagnes du Nord. Nous partons dès maintenant sur leurs traces. N'ayez aucun regret, car si nous les retrouvons ce sera bien grâce à vous…

Le sort de Kalyane n'est plus entre vos mains. Pourvu que le maître des licornes parvienne à la récupérer… Vous êtes un peu déçus, mais, finalement, pas tant que ça. Après tout, vous n'êtes pas partis à l'aventure pour rien. Vous avez joué un rôle déterminant dans la protection de toutes les licornes. C'est déjà ça…

FIN MOYENNE

Que dirais-tu de partir en B1 pour vivre d'autres aventures ?

A 17

Vous progressez lentement en direction du *Tempétueux*, dissimulés derrière des caisses et des rouleaux de corde. C'est un navire taillé pour la vitesse. Noir de la coque aux voiles, il fait vraiment froid dans le dos. La passerelle qui le relie au quai semble déserte, mais elle ne vous inspire aucune confiance. Il te paraît peu probable qu'elle ne soit pas surveillée.

Vous vous arrêtez à quelques pas, troublés et sur le qui-vive. Quelque chose te retient. Tu sens un danger non identifié…

C'est le moment que choisit Aëlig pour s'élancer, franchir la passerelle et s'agenouiller sur le pont. Il ne s'est rien passé. Personne ne l'a empêché de monter à bord. Le plus gros de l'équipage est peut-être descendu à terre pour se changer les idées avant de reprendre la mer. C'est sans doute votre jour de chance…

En quelques bonds, tu rejoins ton ami et t'accroupis derrière lui. Devant vous se dresse la porte qui donne sur les cabines du capitaine et des officiers. Derrière vous s'ouvre un carré noir qui permet de descendre dans les entrailles du navire. Vous hésitez. Par où commencer ?

— Si Kalyane se trouve encore à bord, j'imagine qu'ils l'ont descendue dans les cales du bateau…

Convaincu par l'argument d'Aëlig, tu rampes vers l'ouverture où pend une échelle de corde. Tu l'attrapes et commences à descendre. Jusqu'ici, tout va bien. Tu essaies de calmer ta respiration et ton cœur qui bat trop fort.

Tu t'enfonces dans une obscurité épaisse quand, tout à coup, des mains puissantes se referment sur tes chevilles et t'entraînent vers le fond. Avant que tu puisses crier, une voix grinçante murmure à ton oreille :

— Un mot et tu es mort…

Aëlig se rapproche. Tu as sa vie entre tes mains…

Impossible pour toi de te taire. Tu décides de prévenir ton ami. Va en A18

Paralysé par la peur, tu te tais tout en essayant de rassembler tes forces pour agir. Va en A19

A 18

— Sauve-toi, Aëlig ! cries-tu de toutes tes forces. C'est un piège !

Des mains immenses se posent sur ta bouche et sur ta gorge. Tu te débats. L'air commence à te manquer. Tes poumons sont en feu et la tête te tourne. Ton ennemi est beaucoup trop fort. Tu sens tes forces décliner, tes yeux se fermer. Cependant, tu ne regrettes rien…

Tu meurs avec le sentiment d'avoir été loyal : grâce à toi, Aëlig a eu le temps de se sauver…

PERDU

Pour recommencer l'aventure, retourne en A1

A 19

Aëlig commence sa descente. Tu as envie de hurler, mais tu te retiens.

Au moment où ton agresseur se redresse pour attraper ton ami, tu te raidis et lui donnes un grand coup de tête dans le ventre. Il grogne, recule et bascule par-dessus des cordages qui traînent sur l'épais plancher. Avant qu'il parvienne à se relever, tu te retournes et, à la faveur d'un éclat de lune perçant entre deux nuages, tu saisis une grosse quille de bois et l'abats sur son crâne. L'homme est désormais hors d'état de nuire.

Vous attendez, haletants, aux aguets, espérant que personne n'a rien entendu. Votre respiration se calme peu à peu. Rien ne bouge à bord du bateau. Seuls les clapotis de l'eau troublent le silence.

Soulagés, vous fouillez rapidement les soutes en utilisant le briquet du marin inconscient pour vous éclairer. Dans le fond, tu découvres un anneau en fonte auquel sont attachées une grosse corde et une étrange muselière.

— Aëlig ! Viens voir ! Kalyane a sans doute été emprisonnée ici…

Ton ami te rejoint en deux bonds. Il examine l'endroit et ramasse quelques longs poils d'une blancheur éclatante qui se sont sans doute détachés de la crinière de la licorne pendant sa captivité.

— Tu as raison. Les marins ont dû la débarquer dès l'arrivée au port. Avec un peu de chance, elle n'a pas encore quitté la ville. Allez, viens ! Ne moisissons pas ici ! Nous sommes sur la bonne piste !

Vous remontez sur le pont et quittez discrètement *Le Tempétueux* avant de disparaître dans les rues animées de Céleste. Va en A20

A 20

Céleste ne ressemble pas du tout à Yffanedy. C'est une ville ouverte sur la mer où toutes les maisons ont la forme d'une demi-coque de bateau. Toute l'activité se concentre pendant la nuit, à cause de la chaleur. Vous devez vous dépêcher : il ne vous reste que quelques heures avant l'aube.

Vous commencez par interroger les commerçants. Ont-ils aperçu la licorne et son ravisseur ? Les réponses que vous obtenez sont décourageantes. Personne n'a rien vu.

Vous décidez de poursuivre vos recherches dans les tavernes. Mais là encore, aucun client n'est en mesure de vous donner la moindre information.

Aëlig ne perd pas espoir et t'entraîne vers la place de la Lune où se tient un immense marché nocturne. Vous allez d'étal en étal, en quête d'indices, sans vous attarder sur les magnifiques présentations de fruits, de légumes et de poissons. Le couple formé par une montagne de muscles et une licorne dont la tête est recouverte par un sac ne peut passer complètement inaperçu ! Et pourtant, si…

Au bout d'un moment, tu t'aperçois que vous êtes suivis par un homme barbu dont le haut du crâne est coiffé d'un étrange chapeau en peau de bête. Il ne cherche pas du tout à être invisible.

— Aëlig ! Il y a quelqu'un qui nous suit…

— Vraiment ?

Tu lui désignes l'individu d'un coup de tête. Ton ami décide aussitôt de l'aborder :

— Qu'est-ce que vous nous voulez ?

La question ne surprend nullement l'homme, qui vous regarde avec amusement.

— Vous cherchez quelque chose, pas vrai ?

— En quoi ça vous regarde ? réplique Aëlig.

— Je détiens des informations qui pourraient vous intéresser…

— Nous vous écoutons.

Votre interlocuteur se trouble et jette des regards furtifs autour de vous.

— Non, pas ici. Il y a trop d'oreilles indiscrètes. Suivez-moi.

L'homme commence à s'éloigner sans même jeter un regard derrière lui. Dans quelques secondes, il aura disparu. Vous devez vous décider rapidement !

Vous acceptez de le suivre. C'est votre seul espoir de retrouver Kalyane. Va en A21

Cet individu est décidément trop louche... Vous décidez de vous passer de ses services. Va en A22

A 21

L'homme se faufile dans la foule comme une anguille. Vous vous dépêchez de le rattraper avant qu'il ne disparaisse : il ne se soucie pas de vous et change régulièrement de direction. Ne connaissant pas la ville, vous êtes complètement perdus…

— Où nous conduisez-vous ? tu lui demandes, essoufflé.

— Vous le saurez bien assez tôt. Ayez confiance…

Il s'engage dans des ruelles de plus en plus étroites, à peine éclairées par le ciel étoilé… Il est trop tard pour faire demi-tour.

Soudain, vous débouchez à sa suite sur un terrain vague où a été installé le chapiteau d'un cirque. Tout autour, sont déployées des roulottes et des cages sur roues abritant des animaux sauvages.

— Venez. Je dois vous montrer quelque chose…

L'homme s'approche d'une grande cage vide, l'ouvre et y pénètre. Décontenancés et méfiants, vous le suivez en regardant tout autour de vous. Dès que vous êtes entrés, il vous bouscule, sort et verrouille la grille derrière lui. Vous vous êtes fait piéger !

— Sortez-nous de là ! t'insurges-tu.

— Vous m'avez suivi de votre plein gré. Je ne vous ai pas forcés…

— Vous deviez nous montrer quelque chose !

Sans un mot, l'individu s'approche d'une autre cage, dissimulée par une toile qu'il soulève.

— Kalyane ! hurle Aëlig.

La licorne, prisonnière comme vous, semble dormir paisiblement. C'est la première fois que tu la vois vraiment, et elle te paraît encore plus belle que Buronzan et Aoline !

— Quel meilleur endroit qu'un cirque pour cacher une licorne ? ironise l'homme.

— Que lui avez-vous fait ? s'emporte ton ami.

Le traître le fusille du regard.

— Peu importe ! Ta licorne demeurera ici jusqu'à ce que l'homme sans nom vienne en prendre possession. Je pense qu'il sera ravi de faire la connaissance du fils de Solvélig ! Ton père sera assurément prêt à tout pour te récupérer…

— Vous ne pouvez pas faire ça ! t'exclames-tu en agrippant les barreaux de votre cage. Le roi vous punira !

L'homme s'esclaffe en secouant la tête.

— Toi, tu n'as aucune valeur. Tu vas rester là. Les îles de la Nuit ont besoin d'esclaves. Tu es jeune et vigoureux, tu vas me rapporter une belle somme d'argent…

PERDU

Pour recommencer l'aventure, retourne en A1

A 22

Vous atteignez le bout du marché sans avoir rien obtenu. Il ne reste que quelques étalages ; vous êtes désespérés.

— Peut-être que Kalyane est toujours enfermée dans les cales du *Tempétueux*, gémit Aëlig.

Ton ami est en train de perdre espoir. Tu sens qu'il a besoin de ton soutien, alors tu te lances :

— Son ravisseur ne l'a pas amenée jusqu'ici simplement pour lui offrir une balade en bateau. Il n'est pas venu à Céleste par hasard. J'en mettrais ma main à couper, il a rendez-vous avec quelqu'un à qui il doit livrer Kalyane. C'est cette personne que nous devons trouver !

Ton assurance met un peu de baume au cœur d'Aëlig, qui s'empresse d'interroger les derniers vendeurs. La réponse de l'un d'eux vous alerte :

— Je n'ai jamais vu un cheval avec une cagoule ! Mais si j'étais vous, j'irais faire un petit tour du côté du cirque. Vous y trouverez tout un tas d'animaux extraordinaires !

— Il y a un cirque à Céleste ?

— Pour sûr ! Il est arrivé hier. Il donne une première représentation cette nuit et repart dans quelques jours. Je crois qu'il s'appelle le cirque Entre chien et loup…

En suivant les indications du commerçant, vous arrivez sans trop de mal sur le terrain vague où se dresse un grand chapiteau. Tout autour, en arc de cercle, sont déployées des roulottes et des cages sur roues abritant des animaux sauvages. Vous ne pouvez pas vous en approcher, il y a trop monde autour. En revanche, vous arrivez juste à temps pour assister à la représentation.

Le spectacle commence par un Monsieur Muscle, déguisé en bûcheron, qui tronçonne une énorme bûche en fines tranches à l'aide d'une scie aux monstrueuses dents. Une frêle jeune fille danse autour de lui et ramasse une rondelle de bois sur laquelle elle réalise un numéro d'équilibriste époustouflant. Vous applaudissez de bon cœur !

Vous revenez brutalement à la réalité, car le numéro qui suit fait intervenir… une licorne ! Comment est-ce possible ? Vous vous apercevez assez vite qu'il s'agit en fait d'un cheval blanc affublé d'une fausse corne. L'illusion est très réussie…

Profitant de la fascination des spectateurs pour l'animal factice, vous quittez discrètement les gradins. Une fois dehors, vous vous approchez en silence des cages. L'une d'elles attire tout de suite votre attention, car une épaisse toile noire la recouvre entièrement. Ton cœur se met soudain à battre très fort. Vous touchez peut-être au but.

Aëlig envoie des appels télépathiques vers l'intérieur de la cage sans recevoir la moindre réponse. De deux choses l'une : soit Kalyane n'est pas là, soit elle a été droguée…

Après vous être assurés que personne ne vous espionnait, vous décidez de regarder sous la toile.
Va en A23

A 23

Kalyane est bien là ! Endormie. Tu la trouves magnifique ! Plus belle encore que Buronzan et Aoline !

Au moment où tu crochètes la serrure, un rugissement te fait perdre tes moyens. Tu te retournes en tremblant, t'attendant à découvrir un redoutable fauve, et là, tu restes sans voix…

Un guerrier massif, qui semble avoir été taillé dans un bloc de pierre, avance vers toi de son pas pesant. C'est l'ombre que tu as vue près de la forêt des Lumières ! Le ravisseur de Kalyane ! Sûrement l'un des fameux seigneurs de pierre au service de l'homme sans nom…

Le monstre lève une lourde massue au-dessus de ta tête. Tu as à peine le temps de rouler sur le côté. Il recommence sa manœuvre plusieurs fois, t'obligeant à plonger tantôt à gauche, tantôt à droite. Combien de temps vas-tu tenir ? Si le seigneur de pierre te touche, tu seras broyé comme une coquille d'œuf !

Tu jettes des coups d'œil autour de toi, à la recherche d'une cachette. Tu n'en trouves aucune susceptible de te protéger. Kalyane est toujours immobile dans sa cage, et Aëlig a disparu. S'est-il enfui ?

Non, c'est impossible, tu ne peux le croire !

Tu essaies de courir pour échapper à ton adversaire, mais, malgré son poids, il est aussi rapide que toi. Tu sens que tu vas te fatiguer avant lui…

Tu décides d'aller t'enfermer avec Kalyane. C'est ta dernière chance. Le monstre n'osera pas détruire la cage avec la licorne à l'intérieur. Va en A24

A 24

Une fois dans la cage, tu refermes la grille derrière toi, t'allonges sur la licorne et enfouis ta tête dans son cou. Sa présence suffira-t-elle à te protéger ?

— Réveille-toi, l'implores-tu. Je t'en prie, réveille-toi…

Tu jettes un regard en arrière pour mesurer la réaction de ton agresseur. Ses petits yeux noirs sont braqués sur toi. Il marche lentement et lourdement dans ta direction. Il pourrait écraser ton refuge d'un simple coup de poing, mais la présence de Kalyane l'en empêche. Elle est bien trop précieuse ! Tu as un répit pour trouver une solution…

Malheureusement, le seigneur de pierre fait un geste que tu n'avais pas anticipé : il saisit deux barreaux de la cage et les écarte comme s'il s'agissait de simples baguettes d'osier, créant une ouverture assez large pour y passer son bras.

Au moment où il s'apprête à t'attraper avec son énorme poigne pour te réduire en bouillie, un cri traverse la nuit. Le monstre se retourne, indécis. Le cri retentit de nouveau. Ton agresseur s'écarte alors de quelques mètres pour voir de quoi il s'agit. Un terrible grincement déchire l'obscurité : quelque chose de très lourd tombe et percute de plein fouet le seigneur de pierre, lui fendant le crâne en deux…

Aëlig vient de te sauver la vie ! Mais comment a-t-il fait ?

Tu finis par comprendre comment ton ami s'y est pris : en utilisant la redoutable scie du Monsieur Muscle, il a scié un mât de cocagne, qu'il a réussi à faire basculer dans la bonne direction. Quelle idée de génie !

Il te rejoint aussitôt dans la cage en se faufilant entre les barreaux tordus. Vous tombez dans les bras l'un de l'autre.

Puis il se penche vers la licorne et la réveille doucement en lui caressant le museau et en lui parlant mentalement comme il sait si bien le faire. Tu aimerais bien connaître le contenu de leurs échanges…

— Que te dit-elle ? lui demandes-tu finalement.

— Qu'elle est heureuse de nous voir !

— « Nous » ? Mais elle ne me connaît même pas !

— Elle sait que tu m'as accompagné et elle a compris que tu es mon ami.

La réponse d'Aëlig te fait monter les larmes aux yeux. Tous les risques que vous avez pris sont récompensés aujourd'hui !

Mais vous ne devez pas vous attarder plus longtemps. Une fois que la licorne est remise sur ses jambes, vous quittez la cage et disparaissez dans la nuit noire. Il vous reste un dernier exploit à accomplir : retourner au manoir des Lueurs afin que Kalyane retrouve la sécurité de la forêt des Lumières.

Bien entendu, cela est une autre histoire…

GAGNÉ !

Que dirais-tu de partir en B1 pour vivre d'autres aventures ?

A 25

— Réveillez-vous ! glapit un page en te secouant sans ménagement.

— Hein ? Quoi ?

Sans vous en rendre compte, vous avez fini par vous endormir. Quel réveil brutal !

— Le maître des licornes vous demande aux écuries !

Sans réfléchir, vous jaillissez de vos fauteuils et traversez le palais en toute hâte. Monté sur Buronzan, Solvélig vous désigne un cheval que vous allez devoir partager.

— Kalyane et son ravisseur ont été aperçus près des montagnes du Nord. Nous devons les rattraper avant qu'ils ne franchissent le sommet et redescendent vers le littoral où un bateau pourrait les récupérer. Nous avons constitué deux groupes d'intervention qui prendront des chemins différents. Je commanderai le premier qui empruntera la route ouest, Astarod dirigera le second qui passera par l'est. Quel groupe souhaitez-vous accompagner ?

Vous préférez galoper derrière Solvélig. Qui mieux que le maître des licornes peut ramener Kalyane ? Va en A26

Vous avez un compte à régler avec Astarod, le chef des gardes. Vous décidez de lui imposer votre présence. Va en A27

A 26

Vous atteignez les montagnes du Nord après une chevauchée harassante. Solvélig organise l'ascension à pied de telle sorte que chaque sentier qui mène au sommet soit emprunté par plusieurs hommes.

— Le ravisseur de Kalyane pourrait nous tendre une embuscade en déclenchant une avalanche de rochers. En nous séparant, nous lui coupons l'herbe sous le pied.

Il accepte votre présence dans le groupe qu'il dirige à condition que vous restiez légèrement en arrière. Vous acceptez en pestant. Vous préféreriez ouvrir la marche, mais vous n'avez pas le choix. Même si Aëlig ne dit rien, tu le sens tendu. Il a sans doute senti la présence de Kalyane à proximité…

Les soldats grimpent lentement, trop lentement à votre goût. Leurs armes et leur lourd plastron les ralentissent. À cette vitesse d'escargot, vous ne rattraperez jamais la licorne et son ravisseur… Tu éprouves une forte envie de désobéir à Solvélig, et ton ami est sans doute dans le même état d'esprit que toi.

Lorsqu'une bifurcation inattendue se présente sur le sentier, ton sang ne fait qu'un tour. Après avoir donné un coup de coude à Aëlig pour l'alerter, tu t'engages sur le chemin que les soldats ont dédaigné. Sentant ton ami sur tes talons, tu accélères l'allure, malgré les vociférations de Solvélig qui vous suivent.

Vous prenez rapidement de l'avance sur les différents groupes de soldats qui ne peuvent suivre votre rythme. Le sommet se rapproche. Va en
A28

A 27

Astarod accepte votre présence à contrecœur et vous place en fin de colonne. Vous lui obéissez de mauvaise grâce.

Au terme d'un parcours mené tambour battant, vous arrivez au pied des contreforts des montagnes du Nord. Plusieurs chemins escarpés permettent d'accéder au sommet, mais ils semblent déserts. Kalyane et son ravisseur sont-ils passés par là ?

Astarod choisit de prendre la voie du milieu. C'est certes la plus courte, son tracé présentant une pente régulière, mais c'est également celle qui offre le moins de protections naturelles.

Au moment où vous vous apprêtez à commencer l'ascension, Le chef des gardes vous ordonne de rester en bas et de garder les chevaux.

— Mais…

— Tu es sous mes ordres, fils du maître des licornes. Ne l'oublie pas ! Toute désobéissance de ta part sera sévèrement punie.

Résignés et en colère, vous rassemblez les chevaux et les attachez aux branches d'un arbre avant de suivre des yeux la progression rapide des soldats du roi.

Soudain, un craquement prodigieux se produit : vous voyez, impuissants, une épouvantable avalanche de pierres dégringoler du sommet et faucher les grimpeurs. Quand le fracas cesse enfin, vous constatez qu'il ne reste rien d'Astarod et de ses compagnons. Vous êtes les seuls survivants…

Affolés, les chevaux ont rompu leurs liens et se sont enfuis ; vous ne pouviez pas les retenir. Vous êtes seuls et perdus. Vous vous dirigez alors vers l'ouest, à pied, en espérant rejoindre le groupe mené par Solvélig, mais sans trop y croire.

Il faudrait un miracle…

Pourtant, vous êtes tenaces ! Après une marche harassante, vous apercevez des points noirs en mouvement sur la montagne. Ce sont sans doute les hommes du maître des licornes ! Ils n'ont pas emprunté la voie la plus facile alors que, juste au-dessus de vous, se découpe un col un peu moins haut que les autres. Vous commencez aussitôt à l'escalader en serrant les dents.

Une fois en haut, vous bénéficierez d'une vue plongeante sur l'autre versant. Va en A28

A 28

Vous atteignez les premiers le point culminant, les doigts écorchés et les poumons en feu. Vous avez réussi à dépasser Solvélig et ses compagnons, même s'ils ne sont pas loin du sommet !

De l'autre côté, la mer Multicolore occupe tout l'horizon et la pente qui y descend est encore plus abrupte que la montée. Elle s'adoucit sur la fin et se termine par une falaise qui surplombe une plage aux dimensions impressionnantes.

— Regarde, là-bas ! t'étrangles-tu, en manque d'air.

— Où ça ?

Tu désignes du doigt deux silhouettes qui ont atteint le bord de la falaise et s'apprêtent à descendre sur la plage : la première semble entraîner la seconde...

— Kalyane et son ravisseur ! s'écrie Aëlig.

Un navire mouille à une centaine de mètres du rivage et paraît les attendre. D'ailleurs, une chaloupe est mise à l'eau pour venir les récupérer.

— Nous ne les rattraperons jamais, Aëlig ! Ils ont trop d'avance !

— Tu as raison. Je viens d'envoyer un message télépathique à Kalyane afin qu'elle retarde au maximum son ravisseur. C'est notre dernière chance. Allons-y !

Vous vous lancez sur le sentier abrupt en raidissant tous vos muscles pour ne pas être emportés par votre élan. Vous avez très vite mal aux genoux, aux cuisses et aux mollets. La descente est bel et bien plus périlleuse et plus fatigante que la montée, mais vous tenez bon, les yeux braqués tantôt sur vos pieds, tantôt sur la silhouette de la licorne qui, de son côté, freine des quatre fers. Son ravisseur essaie sans succès de la maîtriser. Il gesticule dans tous les sens, hors de lui, et tente de l'assommer d'un coup de poing. Elle feinte, l'évite, se dresse devant lui et projette plusieurs fois ses sabots contre son torse massif. Il encaisse les premiers chocs sans reculer, mais finit par perdre l'équilibre et bascule dans le vide.

Quand vous rejoignez enfin Kalyane, elle vous accueille en piaffant. Des traces de sang tachent son beau pelage blanc. Elle est épuisée et tremble sur ses pattes, mais ses blessures ne sont que superficielles.

Aëlig lui saute au cou. Tu essaies d'imaginer ce qu'ils se racontent tous les deux en pensée, mais, bien sûr, c'est impossible. Tu es un peu jaloux de leur amitié. Au bout d'un moment, ton ami s'écarte et tous les deux s'approchent de toi.

— Kalyane te remercie.

— Pardon ?

— Je lui ai dit que je ne l'aurais jamais retrouvée sans ton aide. Alors, elle me charge de te remercier : si elle est saine et sauve, c'est aussi grâce à toi. Merci !

Voilà que tu rougis et que tu ne sais plus où te mettre. Une chose est sûre : ce n'est que le début de tes aventures avec tes nouveaux amis !

GAGNÉ !

Que dirais-tu de partir en **B1** pour vivre d'autres aventures ?

B1

Pour commencer ton périple, il te faut rejoindre la côte. Tu te mets aussitôt en route avec détermination et, après avoir traversé une inquiétante forêt, tu arrives à Tonnerre où se trouve le plus grand port commercial du continent Aurore. C'est une ville animée et bruyante, ça te plaît ! Tu traverses le centre en admirant les maisons en bois peintes de différentes couleurs. Ton objectif est simple : rejoindre le quai d'embarquement pour partir à l'aventure !

Bien que ta détermination soit solide, tu es préoccupé. Voguer jusqu'au continent Crépuscule en traversant la mer Multicolore n'est pas une mince affaire. Comme aucun bateau n'en est jamais revenu, il y a peu de chances qu'un capitaine accepte de t'y emmener. Tu essaies quand même, mais comme tu le redoutais, toutes tes demandes échouent. Les marins s'écartent de toi en te traitant de fou. Tu vas devoir ruser et sans doute prendre des risques…

Dans une partie du port qui forme comme une anse, tu aperçois des bateaux de pêche sagement amarrés les uns à côté des autres. Il n'y a pas beaucoup de monde par ici, alors tu décides d'en voler un… Va en B2

B2

En marchant lentement pour ne pas attirer l'attention, tu t'approches des bateaux de pêche. La plupart sont trop gros pour que tu puisses les manœuvrer seul. Par chance, il y a en a un qui est à la bonne taille, ni trop grand ni trop petit ! Il sera parfait pour toi.

Tu jettes un coup d'œil autour de toi pour t'assurer que personne ne t'observe et sautes dans ce qui ressemble à une grande barque avec une unique voile. Ton grand-père, qui chassait la baleine quand il était plus jeune, t'a appris les rudiments de la navigation à voile. Tu n'as rien oublié de ses leçons, et tu sais t'orienter en fonction de la position du soleil, le jour, et des étoiles, la nuit.

Tu détaches la corde qui retient le bateau prisonnier et hisses la voile avec une certaine appréhension. Naviguer sur un grand fleuve ne te posait pas de problème, mais c'est la première fois que tu t'aventures sur la mer Multicolore…

En sortant du port, tu sens sur tes joues les premiers embruns. L'aventure commence !

Tu décides de suivre la côte du continent Aurore le plus longtemps possible. C'est une route un peu plus longue, mais assez sûre. Va en B3

Tu préfères gagner le large sans attendre, pour gagner un jour ou deux. Moins tu passeras de temps dans cette coque de noix, plus tu auras de chances de t'en sortir. Va en B4

B3

Tu longes la côte à bonne allure. Un vent favorable gonfle ta voile. Mais, en dépassant un village de pêcheurs, tu entends de grands cris de protestation.

— Rends-moi mon bateau, espèce de sale voleur !

— Arrêtez-le, arrêtez-le ! hurle un groupe de femmes sur la plage.

Quelle malchance ! Il a fallu que tu navigues sous les yeux du propriétaire de ton embarcation…

Il faut bien avouer que tu t'es montré négligent. Tu sais pourtant que les marins-pêcheurs habitent toujours au bord de la mer !

Plusieurs barques sont rapidement mises à l'eau par des hommes en colère. Ils sautent à bord et foncent vers toi à grands coups de rames. Tu changes aussitôt de cap afin de t'éloigner du rivage. Peine perdue. Ils te rattrapent avant que tu aies réussi à prendre assez de vitesse et te ramènent à terre en te malmenant.

Aïe ! Tu vas passer un sale quart d'heure…

Les villageois décident de te juger eux-mêmes.
Va en B5

B4

Au début, tout se passe bien. Ta voile tendue fait corps avec le vent. Tu as presque l'impression que ton bateau ricoche sur les flots comme un caillou plat adroitement lancé.

Il y a bien quelques vagues, mais rien de vraiment méchant. Même si ça secoue plus que sur le fleuve où ton grand-père t'apprenait à naviguer, tu maîtrises la situation. Pour l'instant…

Malheureusement, le ciel se teinte de gris, puis de noir. De gros nuages se bousculent au-dessus de ta tête. L'inquiétude te gagne. Tu n'as jamais affronté la moindre tempête. Tu es tenté de faire demi-tour. Mais renoncer aussi vite ne te paraît pas très courageux.

Ta coque de noix est ballottée de tous côtés. Le bois dont elle est faite craque, geint et se plaint. Le mât se balance de droite à gauche comme la tige d'un métronome. La pluie commence à tomber, mais les éclaboussures des vagues t'ont déjà trempé jusqu'aux os depuis longtemps.

Malgré le vent qui siffle à tes oreilles, le tonnerre qui gronde et les éclairs qui frappent la mer, tu fais

le gros dos et gardes le cap. Ce n'est pas un banal orage qui va t'impressionner !

Sauf que cette tempête est bien plus forte qu'un banal orage.

Ton bateau est soulevé d'un coup, tu hurles un court instant, tu as l'impression de voler, mais ça ne dure pas très longtemps. Il retombe soudain et se fracasse dans les flots.

L'eau glaciale te submerge et te paralyse.

Tu ne ressens plus rien…

PERDU

Pour recommencer l'aventure, retourne en B1

B 5

Les villageois te ligotent à un arbre avec une corde qu'ils enroulent plusieurs fois autour de ta poitrine. Tu as du mal à respirer. Les bras coincés le long du corps, tu ne peux plus bouger.

Le tribunal qui te fait alors face est composé de trois hommes : le propriétaire du bateau volé et deux de ses amis. Il n'y a personne pour assurer ta défense. Tu sais déjà que ça va mal finir…

— Voler à un pêcheur son outil de travail est un crime terrible, gronde l'un de tes juges. La seule punition possible est la mort.

— Une mort rapide serait trop douce, ajoute un deuxième.

— C'est pourquoi demain, quand le soleil sera au zénith, tu seras attaché à quatre pieux et badigeonné de miel. Quand les fourmis viendront te grignoter, nous t'écouterons crier et implorer notre clémence. Mais nous ne bougerons pas le petit doigt. En attendant, tu vas rester ici. Tu as toute la nuit pour te préparer à ton châtiment…

Tous les villageois se dispersent, te laissant seul face à la mer Multicolore dont les vagues régulières bercent ton angoisse. Tu n'en mènes pas large.

Tu attends la fin du jour pour essayer de te contorsionner. Par chance, ils ne t'ont pas fouillé. À force de tirer sur ton bras, comme si tu voulais l'allonger, tu parviens à attraper ton canif, dissimulé dans une poche minuscule de ton pantalon. Il te faut encore une heure d'efforts pour en dégager la lame et presque tout le reste de la nuit pour scier la corde qui t'enserre.

Quand elle tombe enfin au sol, tu t'autorises un sourire victorieux. Te voici libre ! Mais tu n'as pas un instant à perdre, car l'aube pointe…

Tu décides de reprendre ton voyage là où les villageois l'ont interrompu. Le bateau que tu as volé mouille à quelques mètres de la plage. Tu t'en empares pour la deuxième fois et mets le cap sur le large. Quand le village se réveillera, tu seras déjà loin ! Va en B6

B6

Par chance, le vent se lève dans la bonne direction et tu avances à vive allure.

Quand le soleil transforme la mer Multicolore en un miroir aveuglant, le continent Aurore n'est déjà plus visible. Tu as un pincement au cœur en comprenant que, quoi qu'il arrive, tu ne feras pas demi-tour.

Ton modeste bateau fend fièrement la houle. Un jour passe, suivi d'une nuit. Puis deux autres jours et deux autres nuits. Les maigres provisions d'eau et de nourriture que tu as emportées dans ton sac ne sont plus qu'un lointain souvenir… Ton voyage se poursuit avec pour seuls compagnons la faim et la soif.

Bien que seul au milieu d'une étendue d'eau sans limites apparentes, tu as l'impression d'entendre les petites voix d'êtres invisibles t'encourager. Es-tu en train de devenir fou ? De délirer ? Est-ce dû à la fièvre ? Tu perds la notion du temps…

Au moment où le continent Crépuscule se dessine enfin devant toi, ton soulagement ne dure pas longtemps. Ton bateau prend de la vitesse, poussé par un courant dangereux qui te précipite vers une guirlande d'éperons rocheux. Tu vas y être broyé ! Affolé, tu te jettes à l'eau avant le choc…

L'eau est glaciale et la mer Multicolore, complètement folle. Impossible pour toi de nager. Tu es comme une brindille emportée par un ouragan. Tu bois la tasse et tu as du mal à reprendre un peu d'air. Les vagues se succèdent à une vitesse effrénée, te roulant dans un sens, puis dans l'autre. Tes bras et tes jambes ne te servent à rien. Tu commences à paniquer !

Au moment où tu sens ta fin venir, une lame de fond te projette au-dessus des rochers. Tu gesticules pour essayer de retrouver ton équilibre, mais sans y parvenir. Tu es un projectile lancé à toute vitesse…

Mais au lieu de t'écraser, tu atterris sur une parcelle d'herbes hautes qui amortit le choc. Ton corps effectue un long roulé-boulé avant de s'immobiliser. Haletant, tu te rends compte que tu es passé par-dessus les rochers ! Plus rien ne te parvient des échos de la tempête, comme si tu avais brusquement changé de monde.

Tu es vivant et entier, c'est incroyable ! Que te réserve ce mystérieux continent ?

Tu as l'intuition que tu ne dois pas t'attarder dans les parages. Malgré l'épuisement, tu te lèves et commences à marcher vers l'intérieur des terres. Va en B7

Il n'y a plus un gramme d'énergie en toi. Tu décides de souffler un peu et d'attendre d'avoir retrouvé tes esprits. Va en B8

B7

Tu hésites un instant entre suivre la côte ou t'enfoncer vers le cœur de Crépuscule. Tu optes finalement pour la seconde solution : il est peu probable que Nuit-Noire, la cité souterraine de l'homme sans nom, ait été creusée près de la mer Multicolore, en raison des risques de submersion.

Tu t'engages dans une zone marécageuse en suivant un sentier bordé d'herbes folles qui ressemble à un long serpent flottant sur la vase. D'épaisses touffes de bambous, agitées par le vent, te dissimulent l'horizon. Tu n'es pas très rassuré. L'endroit est sinistre…

Soudain, de grands remous troublent l'eau verdâtre et une créature pareille à une gigantesque gueule sur pattes en jaillit. Elle t'avale tout rond sans même te laisser le temps de sursauter. Tout devient noir.

PERDU

Pour recommencer l'aventure, retourne en B1

B8

Les yeux fermés, tu t'assoupis doucement et glisses dans un rêve agité où tu réussis à capturer une licorne dans la forêt des Lumières. Au prix d'un voyage mouvementé, tu gagnes le continent Crépuscule afin de te présenter devant l'homme sans nom et te mettre à son service. Il te reçoit avec méfiance jusqu'à ce que tu lui offres la licorne pour prouver ta loyauté. Il te félicite et te propose aussitôt de devenir son bras droit. C'est un grand jour pour toi…

La réalité te tire violemment de ton rêve. Tu n'es plus du tout sur le rivage, mais sur le dos d'une sorte de créature monstrueuse et dure comme de la pierre. Tu as été enlevé ! Ton ravisseur t'a chargé sur son épaule et il t'emporte avec lui en te ballottant comme si tu n'étais qu'un vulgaire sac de noix. Tu as beau te débattre, rien n'y fait, tu es maintenu par une poigne de fer.

Ton étrange kidnappeur traverse un marais sinistre avant de déboucher sur une immense étendue de cailloux aussi grise et triste qu'un cimetière sous un ciel de plomb. Vous l'avez presque entièrement traversée quand un rayon de lumière transperce les nuages et colore les cailloux de mille teintes chatoyantes. Le sol, qui paraissait mort, devient peu à peu éblouissant. En dépit de ta fâcheuse posture, tu es émerveillé…

Un long rocher plat se soulève en grinçant devant vous, dévoilant un gouffre qui vous engloutit brutalement…

Après une chute qui te paraît interminable, vous vous stabilisez enfin dans un endroit aussi noir que la nuit. Va en B9

B9

Dans un silence impressionnant, des torches aux flammes rouges et aveuglantes prennent vie tout autour de toi, t'écorchant les yeux. Tu chancelles. Ton ravisseur a disparu. Tu es désormais seul au centre d'une grotte profonde, haute comme une cathédrale. Dans les parois sont creusées des centaines d'habitations qui forment une étrange ville souterraine.

— Bienvenue à Nuit-Noire, la capitale de Crépuscule, déclare une voix qui emplit tout l'espace. Je suis l'homme sans nom.

Tu te retournes et te retrouves presque nez à nez avec le sorcier de la légende. Son visage est parfaitement plat et dépourvu de bouche, de nez et d'yeux. Des anneaux de mille nuances de gris tournent en spirale au milieu de sa face lisse et t'hypnotisent. Tu es subjugué !

— Venir sur Crépuscule est un acte bien téméraire. Pourquoi es-tu là ?

Pour toi, c'est le moment de vérité. Tu te lances et racontes toute ton aventure depuis le début. L'homme sans nom t'écoute sans t'interrompre.

— Qui me dit que tu ne mens pas ?

— Confiez-moi une mission. Je ne vous décevrai pas…

Le sorcier te scrute comme s'il voyait à travers ton front et lisait tes pensées.

— Voilà une excellente idée !

L'homme sans nom t'explique que les Crépusculiens, peuple autochtone du continent, lui résistent toujours. Il te demande de brûler leurs montgolfières pour les clouer au sol et leur interdire tout déplacement. Va en B10

Le sorcier te révèle qu'il envisage d'envahir le continent Aurore. Il t'envoie à Yffanedy pour tuer le roi afin de désorganiser les hommes et de saper leur moral. Va en B11

B 10

Un mercenaire de Nuit-Noire te conduit dans le nord du continent Crépuscule. À mesure que vous progressez, tu sens son anxiété grandir. Il ne cesse de jeter autour de vous des coups d'œil apeurés.

— C'est ici que nos chemins se séparent, lâche-t-il finalement avec un soulagement évident. Méfie-toi du sable ! Il dissimule de nombreux dangers…

Il disparaît avant que tu aies le temps de lui demander des précisions sur ces fameux « dangers »…

Tu es sans doute arrivé à la frontière du territoire des Crépusculiens. Devant toi moutonnent des dunes à perte de vue. Se méfier du sable ? Mais il n'y a que ça sur des kilomètres !

Un soleil de plomb martèle ton crâne. L'air est étouffant ; la lumière, aveuglante. Ta bouche est sèche comme du papier. Tu te demandes si l'homme sans nom ne t'a pas confié une mission suicide…

Tu as envie de rebrousser chemin, mais tu risques de décevoir le sorcier, qui te le fera payer. Tu n'as donc pas vraiment le choix. Va en B12

B 11

Ton voyage de retour sur le continent Aurore est beaucoup plus rapide que l'aller. Un bateau te dépose sur le rivage à deux jours de marche de la capitale. Tu atteins Yffanedy sans encombre.

La ville est ceinturée par une muraille haute de plusieurs mètres qui lui sert de bouclier. C'est à la fois une cité radieuse et une ville fortifiée. Dotée de greniers à nourriture et de fermes intérieures, elle est capable de soutenir un long siège.

Deux portes permettent d'y entrer ou d'en sortir, l'une située à l'ouest, l'autre à l'est. Elles sont impressionnantes. De lourdes grilles et d'épais vantaux en bois de fer les protègent en cas d'attaque. En pénétrant à l'intérieur de la cité, tu sais que le plus dur reste à venir…

Tu te laisses entraîner par le flot des gens qui se dirigent vers le centre. Pardessus les têtes, il te semble apercevoir la corne d'une licorne, chevauchée par un homme au costume sombre. Incroyable ! Tu essaies de jouer des coudes pour t'approcher d'eux, mais sans y parvenir. Tu les perds rapidement de vue. Peut-être as-tu rêvé…

Le poids de la réalité retombe soudain sur tes épaules : comment vas-tu réussir à approcher le roi ?

Tu ne connais personne à Yffanedy. Tu en es parti quand tu étais petit. Cependant, tu te souviens que la meilleure amie de ton père habitait juste à côté de chez vous et qu'elle a aidé ta mère, à la mort de son mari. Peut-être habite-t-elle toujours au même endroit ? Et peut-être se souviendra-t-elle de toi ? Ça ne te coûte rien d'essayer…

Mais la ville est grande !

Tu commences par te perdre. Et puis une image te revient : vous habitiez près du mur d'enceinte qui protège la cité. Tu décides de le longer en espérant finir par reconnaître le quartier où tu es né. C'était il y a longtemps, mais tu ne peux pas avoir tout oublié.

Tout à coup, tu t'immobilises au milieu de la rue. Cette maisonnette au toit pointu te dit quelque chose ! C'était là, tu en es sûr !

Une immense émotion te submerge…

Reconnaissant ton ancienne maison et celle de l'amie de ton père, tu décides de tenter ta chance. Ta main tremble quand tu cognes à la porte. Et si…

Un homme t'ouvre, l'air méfiant, et t'interroge du regard. Sans le reconnaître, tu lui cites en balbutiant le nom de tes parents et lui demandes s'il les a connus. Il te répond que oui. Tu lui précises alors qui tu es. Son visage s'adoucit et il te serre timidement dans ses bras.

— Je voulais voir votre femme pour qu'elle me parle de mon père.

— Maïwin n'est pas là. Elle est de garde au palais du roi. Veux-tu l'attendre ?

— Non. J'ai envie de redécouvrir la ville. Mais je reviendrai ce soir…

Tu pars en courant. Trouver le palais du roi ne devrait pas être trop difficile. Mais il va te falloir inventer un mensonge pour que Maïwin t'aide à y pénétrer. Va en **B20**

B 12

C'est la première fois que tu marches dans un désert. Ce n'est pas très facile. Le sable est inconsistant et se dérobe sous tes pieds. Tu tombes une première fois. Puis une deuxième. Tu te relèves péniblement, avec du sable dans la bouche. Tu craches. C'est dégoûtant !

Les dunes te dissimulent l'horizon. Mais où habitent donc les Crépusculiens ? Tu n'as encore vu aucune trace de vie, comme si cette étendue aride était complètement inhabitée.

L'homme sans nom ne t'aurait tout de même pas menti… A-t-il simplement voulu se débarrasser de toi ? A-t-il douté de ta sincérité ?

Soudain, au sommet du dernier monticule, derrière des vagues de chaleur qui troublent un peu ta vision, tu aperçois quelque chose d'extraordinaire : un arbre ! Un arbre gigantesque ! Tu es encore loin, mais il te semble…

C'est un arbre-ville !

Sur les branches, tu devines de nombreuses habitations en bois qui vont presque jusqu'au sommet. Tu as hâte de les voir de plus près. Cette forme de logis te semble extraordinaire.

Tu essaies d'accélérer l'allure pour te rapprocher de l'arbre-ville. Si les Crépusculiens te repèrent, tu prétendras t'être échappé des geôles de Nuit-Noire. Va en B13

Tu ne connais pas les Crépusculiens et tu te méfies d'eux. Tu décides d'attendre la nuit avant de t'approcher de l'arbre-ville. Va en B14

B 13

Tu dévales la dune afin de fouler l'immense étendue plane qui s'étale jusqu'à l'arbre-ville. Ce n'est pas la fin du désert pour autant. Les températures sont toujours aussi torrides et le terrain, sous tes pieds, n'est guère stable.

Tu réfléchis à la manière dont tu vas t'y prendre pour tromper les Crépusculiens. Tu te dis qu'ils ne se méfieront sans doute pas d'un enfant… Comment pourraient-ils deviner que tu es de mèche avec l'homme sans nom ?

Tes pieds s'enfoncent brusquement dans le sol. Tu es enlisé jusqu'aux genoux. Impossible de te dégager ! Tes jambes sont engluées dans une sorte de mélasse dans laquelle tu glisses lentement. Des sables mouvants !

Il n'y a rien autour de toi à quoi te raccrocher. Ni arbre, ni buisson. Rien.

La moitié de ton corps a déjà disparu. Le sable est en train de t'avaler tout rond. Plus tu bouges, plus tu coules ! Pourquoi l'homme sans nom ne t'a-t-il pas prévenu des dangers qui te guettaient ?

Tu n'auras jamais la réponse. Il ne reste maintenant que ta tête qui dépasse. La panique commence à prendre le dessus, tu fermes les yeux pour ne pas voir la mort arriver…

Mais d'un coup, tu entends un bruit inquiétant. C'est sans doute le fruit de ton imagination…

Tu décides de tenter le tout pour le tout et de nager dans les sables mouvants en espérant atteindre le sol ferme. Va en B15

Tu juges plus prudent de ne plus bouger. À quoi peut bien ressembler la mort ? Tu n'as pas vraiment envie de le savoir… Va en B16

B 14

Quand la nuit tombe enfin, tu te mets en chemin. Au loin, les lumières qui émanent de l'arbre-ville guident tes pas.

Tu avances tranquillement, sans te hâter. Tu te prépares mentalement pour la tâche que tu dois accomplir. Tu es à l'affût du moindre bruit, du plus petit déplacement d'air. À fleur de peau, prêt à réagir à tous les imprévus.

Tout à coup, tu sens tes pieds patiner dans le sol devenu trop meuble.

Attention ! Il y a des sables mouvants !

Tu te jettes en avant et roules sur le côté. Si tu te laisses aspirer, c'en sera fini de toi !

Plus tu t'approches de l'arbre-ville, plus tu redoubles de prudence. Si l'homme sans nom t'envoie en mission chez les Crépusculiens, c'est qu'il les craint. Ta petite taille et ta souplesse sont tes seuls atouts face à eux. Si tu es découvert, tu ne donnes pas cher de ta peau…

Tu ne distingues aucune montgolfière à proximité de l'arbre-ville. Tu choisis de le contourner dans l'espoir qu'elles soient rassemblées derrière. Va en B17

Pour impressionner l'homme sans nom, tu décides de t'en prendre directement aux Crépusculiens. Mettre le feu à l'arbre-ville serait une solution radicale pour les éliminer définitivement… Va en B18

B 15

Les sables mouvants ressemblent un peu à de l'eau. En nageant, tu as donc peut-être une chance de t'en sortir. Rassemblant tes forces, tu essaies de brasser en faisant de grands gestes circulaires avec les bras, mais ça ne marche pas. Tes jambes ne peuvent pas bouger. Tu n'avances pas d'un centimètre : tu es pris au piège, et au contraire, même, tu glisses un peu plus vers le fond ! C'est terrible !

Le sable atteint alors ta bouche et tes narines. Tu ne peux plus respirer…

Bientôt, tes poumons sont en feu et tu ne vois plus rien…

PERDU

Pour recommencer l'aventure, retourne en B1

B 16

Le sable atteint maintenant le bord de tes narines. Dans quelques secondes, tu ne pourras plus respirer et ce sera la fin. Tes rêves d'aventures sont devenus des cauchemars…

Une douleur subite traverse ton cou : quelqu'un tire sur ta tête comme pour l'arracher !

Ton corps est alors lentement dégagé de sa gangue de sable. Tu respires ! Tu peux même bouger ! C'est extraordinaire !

Quand tu ouvres les yeux, le soleil t'éblouit. Devant toi se dresse une créature étrange, très grande et très maigre. Ses jambes ressemblent à des échasses. Ses cheveux d'une blancheur éblouissante contrastent avec sa peau d'ébène. Tu as devant toi un Crépusculien ! Tu le trouves étrangement beau…

— Bonjour, étranger. Je m'appelle Hiyama. Qui es-tu ? Que fais-tu près de notre arbre de vie ?

Tu es bouleversé. Épuisé. Vidé. À deux doigts de craquer et d'éclater en sanglots. Tu as le sentiment que l'homme sans nom t'a envoyé à la mort. Ta déception est immense. Ta colère, également. Comment as-tu pu te montrer aussi naïf ?

Alors, au lieu de mentir à ce Crépusculien, tu lui racontes ton histoire. Toute ton histoire. Sans rien dissimuler de tes mauvaises intentions.

— Si vous me renvoyez chez l'homme sans nom, il me punira pour mon échec. J'ai cru que je voulais le servir, mais je n'en suis plus si sûr… Qu'allez-vous faire de moi ?

Le visage d'Hiyama affiche une grande douceur.

— Nous allons récompenser ta sincérité. Demain, nous te ramènerons sur Aurore à bord de l'une de nos montgolfières et tu pourras reprendre ta vie d'avant. Mais tu n'es plus le même, et je sais que tu n'oublieras jamais ce que tu viens de vivre…

Le Crépusculien a raison. Rentrer chez toi maintenant, c'est l'occasion inespérée de prendre un nouveau départ. Tu as échoué dans ta mission, mais c'est un soulagement pour toi. Tu es en paix avec toi-même.

FIN MOYENNE

Que dirais-tu de partir en A1 pour vivre d'autres aventures ?

B 17

Le chemin que tu empruntes pour contourner l'arbre-ville te paraît sans fin. Tu échappes de peu à de nouveaux sables mouvants, au prix d'épuisantes contorsions. Et ce n'est pas tout…

Tu évites, au dernier moment, un fil relié à une clochette qui n'aurait pas manqué d'alerter les Crépusculiens si tu t'étais pris les pieds dedans. Tu l'as échappé belle !

Derrière l'arbre-ville, tu découvres une sorte de caverne creusée dans le sable, surveillée par une sentinelle d'une taille impressionnante. Tu t'empares d'une pierre pour l'assommer. Ton cœur bat trop vite. Tu attends qu'il se calme un peu avant de poursuivre ta route.

La grotte souterraine abrite une vingtaine d'immenses paniers reliés par des cordes à de grandes pièces de tissu : voici les fameuses montgolfières !

Tu rassembles les ballons dégonflés au centre des nacelles et tu y mets le feu. Les flammes montent jusqu'au plafond, dégageant une épaisse fumée.

Tu te glisses hors de la caverne et disparais dans la nuit. Tu as réussi ton aventure !

GAGNÉ !

Si tu as envie de recevoir une autre mission, retourne voir l'homme sans nom en B19

B 18

L'arbre-ville diffuse une lumière qui chasse la nuit tout autour de lui. Tu ne peux désormais plus compter sur l'obscurité pour te protéger. Tu progresses donc en position accroupie, attentif au moindre bruit.

Tu t'arrêtes quand même un moment pour admirer cet arbre extraordinaire au tronc large comme un donjon. Sur ses branches massives sont perchées d'innombrables cabanes. L'arbre-ville dort d'un sommeil paisible qui le laisse sans défense. L'excitation que tu ressens est plus forte que ta peur !

Tu avances encore. Le sable étouffe tes pas précautionneux. Quelques mètres te séparent du tronc. Tu étales ton matériel incendiaire sur le sol, enflammes une boule de tissu et la lances contre l'écorce qui prend feu aussitôt. Tu jubiles ! L'homme sans nom va être fier de toi !

Au moment où tu te déplaces pour lancer un autre projectile un peu plus loin, quelque chose de lourd percute ton crâne. Tu tombes sur le dos et aperçois, avant de t'évanouir, des dizaines d'yeux qui t'observent dans le feuillage.

Tu croyais avoir déjoué la surveillance des Crépusculiens, alors qu'ils attendaient de connaître tes intentions avant d'agir…

Le feu que tu as déclenché est vite éteint. Ta mission est un échec.

PERDU

Pour recommencer l'aventure, retourne en B1

B 19

Tu espérais un retour triomphal à Nuit-Noire, mais ce n'est pas vraiment ainsi que les choses se passent. L'homme sans nom t'accueille avec froideur. Il semble même surpris de te revoir.

— Je ne pensais pas que tu réussirais…

— Ça n'a pas été facile.

— Tu as eu de la chance, voilà tout. Les Crépusculiens me résistent depuis toujours. Ils sont vraiment coriaces…

— Pourtant, vous êtes un puissant sorcier !

L'homme sans nom jaillit de son trône sculpté dans la pierre et se met à faire les cent pas devant toi.

— C'est exact. Les Crépusculiens ne connaissent rien aux sortilèges, mais le désert où se dresse leur monstrueux arbre-ville les protège de leurs ennemis comme s'il était animé de magie. J'ai acquis la certitude que le continent Crépuscule veille sur son peuple premier. C'est à la fois étrange et très agaçant. Cependant, grâce à toi, ces maudits Crépusculiens ne pourront plus se déplacer pour me mettre des bâtons dans les roues. Je peux maintenant envahir Aurore l'esprit tranquille et mettre la main sur les licornes, en particulier sur l'une d'elles…

— Le maître des licornes ne te laissera pas faire, et Dana Ier non plus…

— Tu as raison. Le maître des licornes, j'en fais mon affaire. Mais pour mettre toutes les chances de mon côté, tu vas me précéder à Yffanedy afin de tuer le roi. La ville sera alors sans défense…

Tu acceptes cette nouvelle mission avec fierté et un peu d'appréhension. Va en B11

B 20

Le palais de Dana Ier est creusé au pied de la montagne sur laquelle prend appui la cité, il est en partie troglodytique. Tu le trouves majestueux et tout de même assez intimidant.

La grande porte d'entrée est surveillée par une vingtaine de gardes royaux dont certains t'observent avec méfiance. À quoi ressemble Maïwin ? Tu n'as plus aucun souvenir d'elle. Tu devrais néanmoins la repérer assez aisément, car les gardes sont majoritairement des hommes...

— Il ne faut pas rester là, petit ! te prévient une voix bourrue.

Tu te retournes : c'est une grande femme aux longs cheveux. Ses muscles n'ont rien à envier à ceux de ses collègues, et elle n'a pas l'air moins féroce qu'eux.

— Je cherche Maïwin...

— Et que lui veux-tu ?

— Je suis né ici. Elle était notre voisine et la meilleure amie de mon père...

La garde blêmit en écoutant ta réponse.

— Je suis Maïwin et je sais qui tu es. Je ne m'attendais pas à te revoir. Pourquoi es-tu revenu à Yffanedy ?

C'est le moment de ruser, mais c'est difficile : l'émotion de la guerrière te trouble. Des souvenirs tendres commencent à te revenir…

— J'aimerais que tu me parles de mon père…

Avant que Maïwin puisse répondre à ta demande, une forme imposante te dépasse. Une licorne ! C'est bien ce que tu avais cru apercevoir en arrivant ce matin. Quelle surprise ! L'élégante monture et son cavalier à la mine sévère s'engouffrent aussitôt dans le palais.

— Une licorne à Yffanedy ? t'étonnes-tu tout haut. Les licornes peuvent donc pénétrer dans la demeure du roi ?

— Bien entendu, acquiesce Maïwin. Ce ne sont pas des animaux, mais de nobles créatures.

— Où dorment-elles ? Pas dans un lit, tout de même !

— Non. Dans le grand hall du palais, une pièce spéciale leur est réservée avec tout le confort. C'est là qu'elles séjournent quand le maître des licornes vient voir le roi. Cette chambre des licornes est juste à côté de la salle des gardes où ton père était affecté…

L'émotion te submerge. Tu penses à ton père, bien sûr, mais aussi à la licorne…

— Est-ce qu'il serait possible de la voir, s'il te plaît ?

Maïwin marque un temps d'hésitation.

— C'est délicat. Il faut que je demande à Astarod, le chef des gardes. Attends-moi là.

Les hurlements d'Astarod parviennent jusqu'à toi et tu comprends immédiatement que sa réponse est négative. Dépité, tu disparais avant le retour de Maïwin. Dans un coin de ton esprit flotte l'image de la licorne…

Bon, tu n'as pas encore perdu, mais tu es loin d'avoir gagné. Il te faut à tout prix trouver le moyen de t'introduire dans le palais. Va en **B21**

B 21

Après avoir longtemps erré dans Yffanedy, sans trouver de solution, tu te résous à retourner chez Maïwin. Elle et son mari t'accueillent avec chaleur.

— Mais pourquoi as-tu disparu sans prévenir ? te reproche la garde royale.

— Les cris d'Astarod m'ont effrayé. Après, je me suis perdu dans la ville…

En t'ébouriffant les cheveux, elle te révèle qu'ils t'aiment beaucoup et que, n'ayant pas d'enfant, ils envisageaient de t'adopter, à la mort de ta mère. Malheureusement, ton oncle et ta tante t'ont emmené sans les prévenir.

— J'ignorais où ils habitaient et je n'ai pas réussi à les retrouver, mais je ne t'ai jamais oublié, conclut Maïwin.

Tes yeux sont humides. Comme tu aurais aimé qu'ils t'adoptent ! Ton oncle et ta tante ne sont pas méchants, mais ils t'ont recueilli par devoir. À aucun moment ils ne se sont montrés affectueux avec toi.

— Allons prendre l'air, viens avec moi, t'invite Maïwin. Je vais te montrer quelque chose.

— Pourquoi ? Il fait tout noir, dehors.

— Justement. Astarod n'est pas de garde la nuit…

Tu ne sais comment interpréter ses paroles. Se propose-t-elle vraiment d'ouvrir les portes du palais pour toi seul ?

La guerrière enfile ses bottes et boucle sa ceinture où est accroché le fourreau de son épée.

— Alors ? Qu'attends-tu ? Le palais a un charme fou à la nuit tombée…

Le cœur battant, tu suis la garde dans les ruelles sombres.

Au lieu de t'ouvrir la grande porte, Maïwin te fait emprunter une entrée dérobée dissimulée derrière le poste de garde. Tu pénètres dans le palais en tremblant d'excitation. Tu n'as jamais été aussi près de réussir la mission que t'a confiée l'homme sans nom.

— Je ne peux te montrer que le rez-de-chaussée. Mais c'est là que ton père a passé le plus clair de son temps. Ici, c'est la salle des gardes…

— Alors, juste à côté, c'est la chambre des licornes ?

— En effet.

Dépassant ton guide, tu colles ton nez à la paroi qui donne sur l'intérieur de la vaste pièce. Quelques chandelles éclairent des stalles spacieuses et confortables. L'une d'elles est occupée par une licorne allongée sur le côté. Elle semble dormir. La bouche grande ouverte, tu admires sa robe crème, parsemée de nuances bleues.

— Je n'avais jamais vu une licorne d'aussi près. Sais-tu comment elle s'appelle ?

— C'est Buronzan, la licorne de maître Solvélig. Ils sont inséparables.

Tu aimerais poser d'autres questions, mais Maïwin t'entraîne dans un labyrinthe de salles indispensables au bon fonctionnement du palais où se trouvent en particulier les cuisines et les réserves de nourriture.

Vous passez devant un grand escalier que tu brûles d'emprunter. Tu imagines qu'il mène aux appartements du roi. Comment vas-tu réussir à fausser compagnic à Maïwin ? Tu pourrais l'assommer, mais tu n'as pas envie de faire du mal à celle qui aurait pu devenir ta mère adoptive…

— Que faites-vous là ? tonne une voix pleine d'autorité. Soldat Maïwin Kotal, est-ce bien vous ? Mais… mais qui vous accompagne ?

Dana Ier se tient sur le palier du premier étage et vous fixe sévèrement. Il ne te reste que quelques secondes pour décider de ce que tu vas faire…

C'est maintenant ou jamais ! Tu dois en finir ! Va en B22

Pris de court face à la colère du roi et ne souhaitant pas mettre Maïwin en difficulté, tu préfères t'enfuir et trouver une autre solution pour accomplir ta mission. Va en B23

B 22

Tu dois agir, mais tu n'as pas d'arme !

Profitant de l'embarras de Maïwin qui plaide ta cause auprès de Dana Ier, tu t'empares de son épée et gravis les marches de l'escalier quatre à quatre.

Décontenancé pendant un instant, le roi empoigne son arme et se met en garde. Le choc des deux lames est terrible, mais tu ne bénéficies plus de l'effet de surprise. Tu parviens néanmoins à faire reculer le roi jusqu'au mur. Tu te bats comme un lion et redoubles d'efforts. Tu réussis même à entailler l'épaule de ton adversaire !

Malheureusement pour toi, Dana Ier est un combattant endurant et expérimenté. Il ne tarde pas à prendre le dessus et à te désarmer.

— Qui t'a envoyé ici pour me tuer ?

Si tu ne dis rien, le roi te tuera sans autre forme de procès. Alors, accablé, tu lui avoues tout. Ce qui te fait le plus mal, c'est l'incompréhension dans le regard que Maïwin porte sur toi. Mais tu t'es bien battu…

PERDU

Pour retenter ta chance, retourne en B11

B 23

Tu parviens à quitter le palais avant qu'on puisse te rattraper. Tu cours comme un fou dans les ruelles jusqu'à ce que l'air te manque. Tu te laisses alors tomber contre un mur, épuisé et à bout de nerfs.

Tu es en colère contre toi-même. Jamais tu n'aurais dû t'enfuir ! Tu as laissé passer une occasion en or d'éliminer le roi.

Tu penses à cette pauvre Maïwin qui ne doit rien comprendre à ton comportement. Elle va sûrement te chercher...

Sans t'en douter, tu t'es réfugié près du poste de garde de la porte est. Tu entends les soldats discuter entre eux. Ils semblent affolés. Ils parlent d'une grande armée qui aurait envahi le continent. Tu n'en crois pas tes oreilles ! Se pourrait-il que l'homme sans nom soit déjà en chemin ?

En effet, aux premières lueurs de l'aube, l'alerte générale est donnée par la plainte grave d'une trompe géante.

— Nous sommes encerclés ! hurle une sentinelle.

Profitant de la panique générale, tu te faufiles jusqu'au chemin de ronde qui offre une vue panoramique sur la plaine. Et là, c'est le choc! Devant tes yeux ébahis apparaît un spectacle grandiose : des centaines de seigneurs de pierre et de mercenaires bloquent les deux portes de la ville. Au milieu d'eux se tient l'homme sans nom, chevauchant une licorne blanche.

Le roi apparaît en haut d'une tour en compagnie du maître des licornes. Tu essaies de te rapprocher pour entendre leur conversation avec l'homme sans nom. Va en B24

B 24

— Qui êtes-vous ? lance Dana Ier du haut des remparts.

— On m'appelle l'homme sans nom, lui répond tranquillement celui que tu as décidé de servir.

— Que voulez-vous ?

— Je suis venu prendre possession de cette ville…

Un rire nerveux secoue le roi.

— Cette licorne que vous montez ne vous appartient pas ! Elle est sous la responsabilité du maître des licornes.

— Erreur. L'un de mes hommes l'a libérée de la forêt des Lumières où elle était emprisonnée. Elle s'appelle Kalyane et, maintenant, elle est à moi !

— Vous êtes un voleur, homme sans nom !

— Je suis surtout un puissant sorcier…

— Quelle arrogance ! Mes mages réduiront vos pouvoirs à néant !

L'homme sans nom émet un long ricanement.

— Vos mages ne peuvent rien contre moi et vous le savez, Votre Altesse. Quiconque chevauche Kalyane est à l'abri de tous les sortilèges…

Dana Ier accuse le coup, mais se reprend très vite.

— La licorne ne vous protégera pas d'une flèche bien ajustée ou d'un bon coup d'épée. Nous allons nous défendre comme des ours. Yffanedy ne tombera jamais !

Le roi a peut-être raison. Il dispose de nombreux gardes et de réserves de nourriture en quantité. Le siège risque de durer.

Il est trop tard pour attenter à la vie de Dana Ier qui est maintenant protégé par ses mages. Tu as définitivement échoué dans cette mission et l'homme sans nom sera fort mécontent. Mais tout n'est pas perdu : tu peux peut-être te racheter autrement…

Tu décides d'attendre la nuit pour tenter d'ouvrir la porte ouest qui te paraît la moins bien gardée. Va en B25

Tu t'enfonces dans la ville avec une idée lumineuse derrière la tête : si tu parviens à la mettre en œuvre, tu donneras un avantage définitif à l'homme sans nom. Va en B26

B 25

Tu gagnes la porte ouest sans être inquiété. L'attention des forces royales est tournée vers la menace extérieure.

Une douzaine de gardes sont en position devant la porte. C'est beaucoup ! Te débarrasser d'eux va être très compliqué…

En revanche, la niche abritant le mécanisme d'ouverture et de fermeture n'est surveillée que par un seul homme. Personne ne s'attend à une intervention à partir de l'intérieur : c'est la chance de ta vie !

Profitant de la semi-obscurité, tu escalades le mur et enjambes le parapet du minuscule poste de garde. Le soldat en faction te tourne le dos. Le piétinement des armées qui encerclent la ville a couvert ton approche. Tu saisis une masse d'armes sur une étagère et l'abats de toutes tes forces sur le casque de la sentinelle, qui s'écroule aussitôt. Tu t'empresses de t'enfermer à double tour dans l'espace réduit : te voilà maître des lieux…

Une roue crantée reliée à une lourde chaîne commande les mouvements de la porte ; tu l'actionnes sans tarder. Les premiers tours sont très durs. Tu transpires abondamment. Puis, peu à peu, tes gestes deviennent plus fluides. La porte s'entrebâille enfin, sous le regard incrédule des gardes qui commencent à s'agiter. Ce qu'ils voient est impossible !

Aussitôt, ils te pointent du doigt en vociférant. L'un d'eux essaie de te tuer, sa lance te manque d'un cheveu. Un autre grimpe les escaliers de pierre et se heurte à la grille que tu as verrouillée. De toute façon, il est déjà trop tard : la porte est grande ouverte !

Les premiers seigneurs de pierre s'y engouffrent déjà et bousculent tout sur leur passage. Les malheureux combattants qui cherchent à s'opposer à eux sont fauchés comme des blés mûrs. Rien ne résiste aux créatures de l'homme sans nom !

Dans quelques heures, la ville sera prise et ton heure de gloire viendra ! Tu ne sais pas encore quelle récompense le puissant sorcier te donnera pour tes bons et loyaux services, mais ta mission arrive à son terme…

GAGNÉ !

Que dirais-tu de partir en A1 pour vivre d'autres aventures ?

B 26

Tu quadrilles les rues agitées de la cité afin de repérer les caches où sont entreposées les réserves de nourriture pour la population. Certaines sont de simples bâtiments en bois ; d'autres, des cavités creusées dans la roche.

Ta stratégie est simple : si tu parviens à les détruire, la défense d'Yffanedy ne tiendra pas longtemps, d'autant plus que de nombreux soldats seront occupés à essayer d'éteindre les incendies…

Les gardes étant mobilisés sur les remparts, mettre le feu aux entrepôts en bois est un jeu d'enfant ! Tu déclenches une belle flambée qui noircit rapidement le ciel.

Par contre, incendier les dépôts troglodytiques n'est pas une mince affaire, car enflammer les portes qui les protègent ne suffit pas. Tu es obligé de forcer les serrures afin de jeter à l'intérieur des bombes incendiaires. Tu les as fabriquées au préalable en évidant des melons que tu as remplis d'huile et de lanières de tissu. Tes fruits piégés sont redoutablement efficaces !

Une partie de la ville brûle, mais tu es surpris par un garde qui se précipite vers toi en t'accusant de traîtrise ! Il te blesse à l'épaule avant que tu réussisses à l'assommer. Tu ne peux achever ta tâche.

Ta blessure est sérieuse. Le sang que tu perds t'affaiblit et tu crains que les soldats du roi ne finissent par t'attraper. Si cela arrivait, tu ne donnerais pas cher de ta peau…

Tu parviens à bander ta plaie, en serrant les dents. Elle ne saigne plus. Cependant, avant de trouver le moyen de quitter la ville, tu dois tenter quelque chose. Ce n'est pas raisonnable, mais c'est plus fort que toi.

Tu retournes au palais dont la surveillance s'est sans doute relâchée. Peut-être pourras-tu entrer en contact avec la licorne, cette fois, et l'emmener avec toi… Va en B27

B 27

Il n'y a presque plus de sentinelles devant les portes du palais, comme tu le prévoyais. Tu te glisses dans le hall d'entrée en passant par le passage dérobé que t'a montré Maïwin. Tu as une pensée émue pour l'amie de ton père. Peut-être la reverras-tu un jour…

Tu traverses le vaste espace vide pour te glisser discrètement dans la chambre des licornes. Buronzan est toujours là et t'observe sans broncher. Tu aimerais la toucher, mais tu n'oses pas.

— Tu parles ?

Ta voix résonne dans la pièce avec un léger écho. Ta question te paraît soudain complètement idiote.

— Non, bien sûr que tu ne parles pas.

Il se passe alors quelque chose d'imprévu : des mots prennent naissance quelque part sous ton crâne. Tu ouvres des yeux immenses.

« Je peux parler, bien sûr, mais directement dans ta tête… »

— Incroyable !

Tu es vraiment admiratif.

« Pour une licorne, ça n'a rien d'incroyable. Mais pourquoi viens-tu me trouver ? »

C'est le moment d'être convaincant, car, bien entendu, tu n'es pas là uniquement pour assouvir ta curiosité envers les licornes…

— Ton amie Kalyane est en danger ! L'homme sans nom l'a enlevée. Viens avec moi. Nous allons la délivrer.

Buronzan recule soudain au fond de sa stalle en soufflant.

« C'est un mensonge. Je n'irai nulle part avec toi. »

Tu sens la colère monter en toi. La licorne t'a percé à jour !

— Mais… mais comment le sais-tu ?

« Je lis en toi… »

Les licornes sont beaucoup plus intelligentes que tu le croyais ! Tu ne parviendras pas à la tromper et tu n'as pas les moyens de l'obliger à te suivre : elle a beaucoup plus de force que toi. Ton projet tombe à l'eau : tu ne pourras donc pas offrir Buronzan à l'homme sans nom, comme tu le prévoyais. C'est dommage…

Avant que le jour se lève, tu parviens à quitter Yffanedy en empruntant l'ouverture par où l'on jette les ordures ménagères. C'est un peu dégoûtant, mais tu n'as pas vraiment le choix.

Tu profites de l'obscurité pour rejoindre les armées de l'homme sans nom. Si tu n'as pas réussi à tuer le roi, tu as au moins affaibli la résistance de la cité en détruisant une partie de ses réserves. Tu espères que le sorcier sera clément avec toi et qu'il tiendra compte de ta blessure, d'autant que tu détiens une information importante ! Le sorcier ne sera sans doute pas indifférent à l'annonce de la présence de Buronzan à Yffanedy…

Tu n'as donc ni gagné ni perdu. C'est un peu rageant. Cependant, une fois guéri, tu pourras reprendre le combat et prouver à l'homme sans nom que tu peux encore lui être utile…

FIN MOYENNE

Que dirais-tu de partir en A1 pour vivre d'autres aventures ?

TU AS AIMÉ CETTE AVENTURE ?

VIS-EN D'AUTRES
DANS LA MÊME COLLECTION !

QUELLE(S) VIE(S) CHOISIRAS-TU ?

Katherine Quénot
DEVIENS LE
HÉROS
LE DÉFI DES DIEUX
AUZOU romans
DEVIENS LE HÉROS
LE DÉFI DES DIEUX

Katherine Quénot
DEVIENS LE
HÉROS
AU TEMPS DES CHÂTEAUX FORTS
AUZOU romans
DEVIENS LE HÉROS
AU TEMPS DES CHÂTEAUX FORTS

Katherine Quénot
DEVIENS LE
HÉROS
LA RÉVOLUTION
AUZOU romans
DEVIENS LE HÉROS
LA RÉVOLUTION
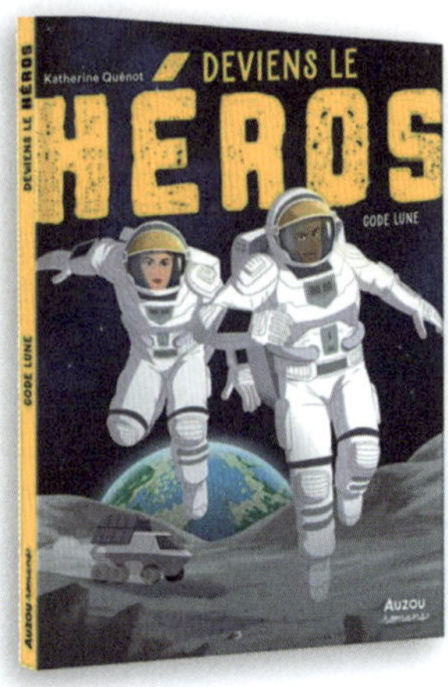
Katherine Quénot
DEVIENS LE
HÉROS
CODE LUNE
AUZOU romans
DEVIENS LE HÉROS
CODE LUNE

Katherine Quénot
DEVIENS LE
HÉROS
AU TEMPS DES PHARAONS
AUZOU romans
DEVIENS LE HÉROS
AU TEMPS DES PHARAONS

RETROUVE LES AVENTURES D'AÉLIG ET KALYANE DANS

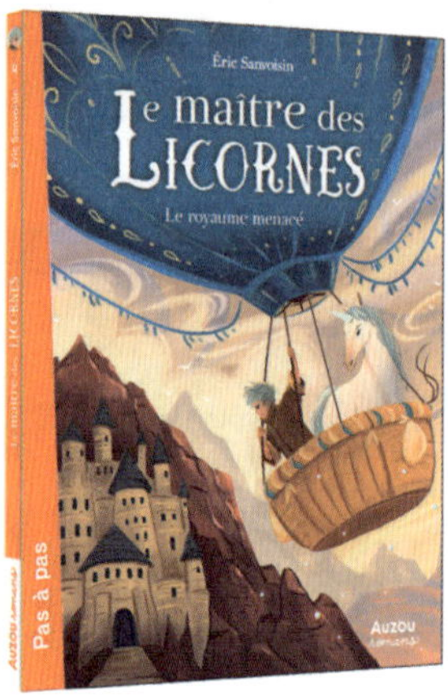

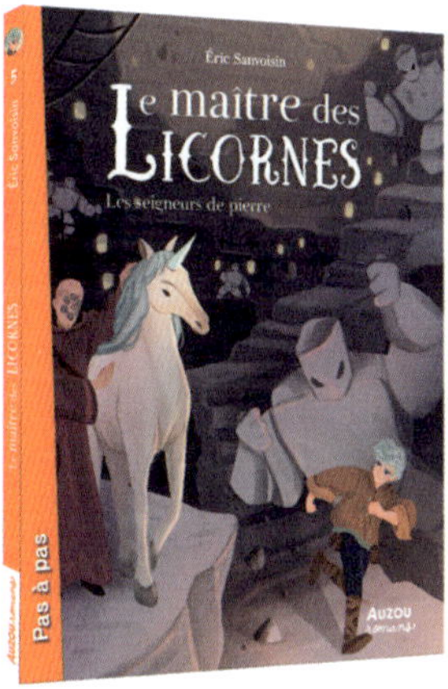
Éric Sanvoisin
Le maître des LICORNES
Les seigneurs de pierre
5
Pas à pas
AUZOU romans

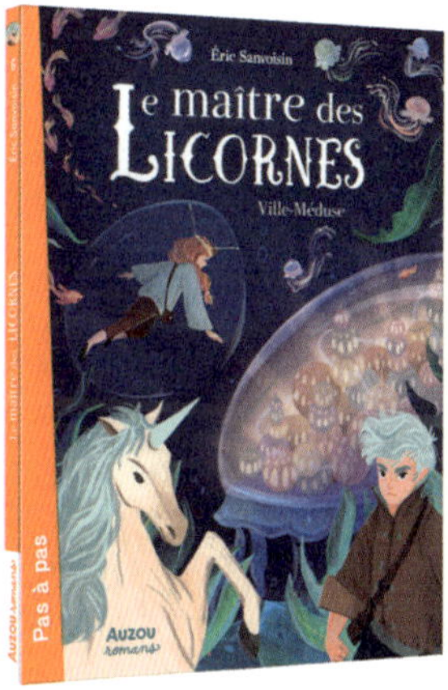
Éric Sanvoisin
Le maître des LICORNES
Ville-Méduse
6
Pas à pas
AUZOU romans

Éric Sanvoisin
Le maître des LICORNES
Le complot des hippocampes
Pas à pas
AUZOU romans

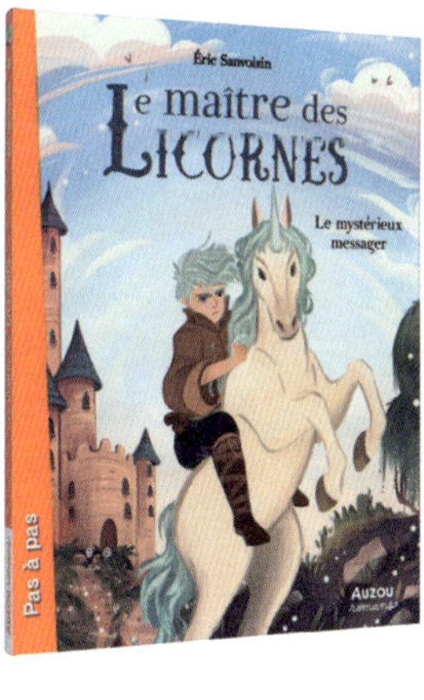
Éric Sanvoisin
Le maître des LICORNES
Le mystérieux messager
Pas à pas
AUZOU romans

Éric Sanvoisin
Le maître des LICORNES
La cité des étoiles
Pas à pas
AUZOU romans

DÉCOUVRE ÉGALEMENT L'HISTOIRE DE SOLVÉLIG DANS

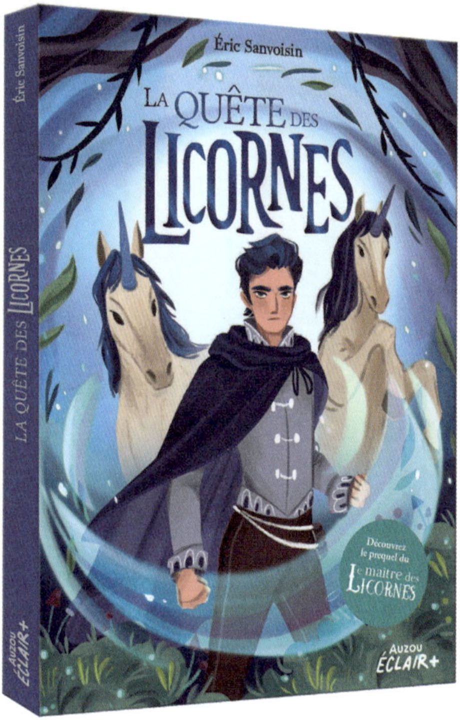